ネオ里見八犬伝《さとみはっけんでん》

サトミちゃんちの8男子《だんし》⑧

こぐれ京《きょう》・著
矢立《やたて》肇《はじめ》・原案
ぱらふぃんピジャモス・企画協力
永地《えいち》×久世《くぜ》みずき・絵

角川つばさ文庫

もくじ

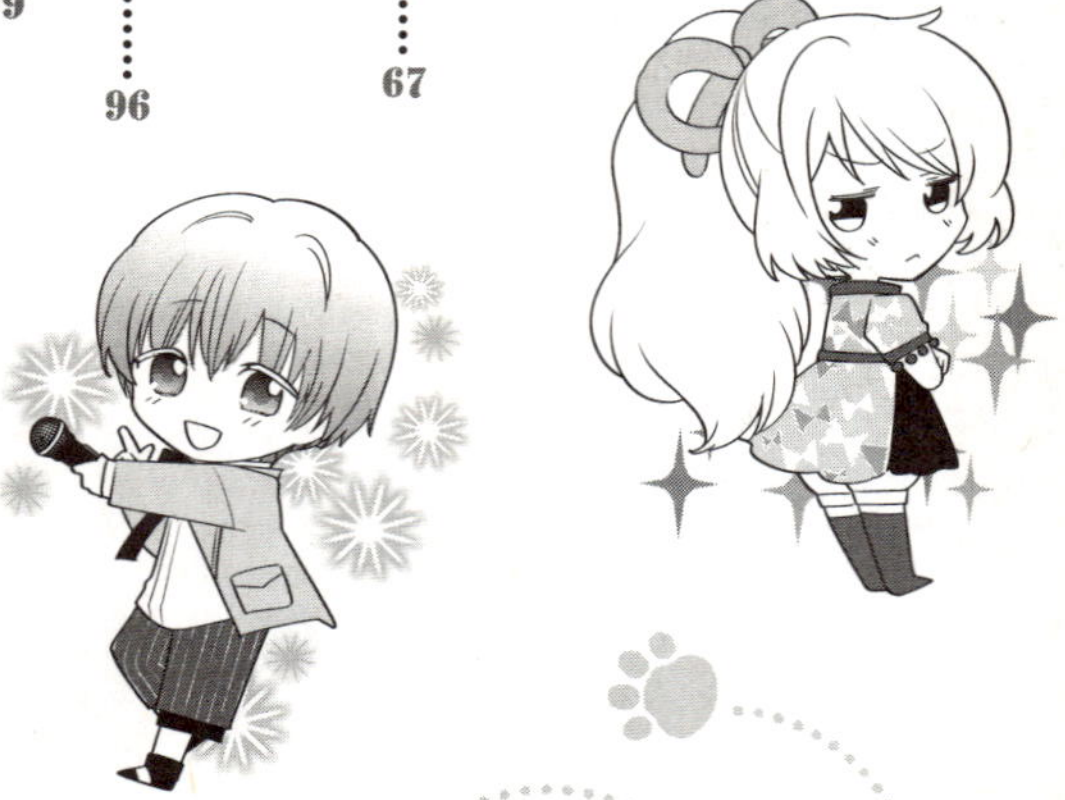

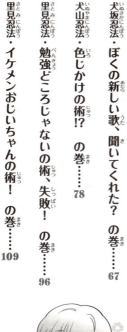

人物《じんぶつ》紹介《しょうかい》

犬塚《いぬづか》シノ

中《ちゅう》2になっても見《み》た目《め》は
小学生《しょうがくせい》みたいな男《おとこ》の子《こ》。
家事《かじ》と発明《はつめい》が得意《とくい》！

里見《さとみ》サトミ

中《ちゅう》2。名字《みょうじ》と名前《なまえ》がおんなじ！
のそんざい感《かん》うすめな女《おんな》の子《こ》。

山下《やました》ブンゴ

中《ちゅう》3。イケメンだけど、
元《もと》・学校《がっこう》いちばんの不良《ふりょう》。

犬山道節《いぬやまどうせつ》（通称《つうしょう》：ミッチー）

中《ちゅう》2。手足《てあし》が長《なが》くて足《あし》が
はやい！　とにかくじっと
していられない性格《せいかく》。

山下《やました》ゲンパチ

高《こう》1。ブンゴの兄《あに》で、
中学時代《ちゅうがくじだい》は生徒会長《せいとかいちょう》を
つとめていた。

ケノ

中《ちゅう》1。女子《じょし》から絶大《ぜつだい》な
人気《にんき》がある、カリスマ
モデル。動物《どうぶつ》好《ず》き。

イラスト／久世《くぜ》みずき

犬川《いぬかわ》ソウスケ

芸能界《げいのうかい》でも大人気《だいにんき》の占《うらな》い師《し》。
積極的《せっきょくてき》でウソがきらい。

ダイカ＝ク・イ＝ヌムラ

旧《きゅう》シモウサ王国《おうこく》の元王子様《もとおうじさま》。
世間《せけん》では行方不明中《ゆくえふめいちゅう》という
ことになっている。

シンベー

かわいい見《み》た目《め》に反《はん》して、
おこりっぽくて乱暴《らんぼう》なコアラ。

カオルン

中《ちゅう》2。サトミの友達《ともだち》で、
大《だい》のイケメン好《ず》き。

オトネ・ヒクテ・ヒトヨ

サトミにいきなり襲《おそ》いかかって
きた、なぞのくノーたち。

フネおばさん

サトミの親《しん》せき。
今《いま》はオーストラリアに旅行中《りょこうちゅう》。

一■　もうすぐあいつがやってくる

もうすぐ、もうすぐ、もうすぐあいつがやーってくる。

いつもの、いつもの、あいつがやってくる。

あいつって？

それは、それは、

「中間《ちゅうかん》、中間《ちゅうかん》、中間《ちゅうかん》、中間《ちゅうかん》、中間《ちゅうかん》テ〜スットォオオオオ」

「シノ！　変《へん》な歌《うた》、歌《うた》わないでよね」

うちの執事《しつじ》はあたしと同《おな》じで、中学《ちゅうがく》2年生《ねんせい》。

仕事熱心《しごとねっしん》なのはいいけど、古《ふる》い歌《うた》を熱唱《ねっしょう》するのが、悪《わる》いくせ。

最近《さいきん》は、古《ふる》い歌《うた》だけでなく、自分《じぶん》で作《つく》った歌《うた》まで、歌《うた》うようになってきたみたい。

「ハッ？　ボク今《いま》、歌《うた》ってましたか？」

シノが、キッチンから顔《かお》を出《だ》す。
「自分《じぶん》で気《き》がついてないって、相当《そうとう》やばいよ……」
あたしは、シノのことが心配《しんぱい》になってきた。
ううん、いっそ、あたしも歌《うた》ってしまいたい。
中間《ちゅうかん》、中間《ちゅうかん》、中間《ちゅうかん》テ～スットォオオオ……。
変《へん》な歌《うた》だけど、シノの歌《うた》が言《い》っていることは、正《ただ》しい。
今日《きょう》は金曜日《きんようび》。土日《どにち》が過《す》ぎて、月曜《げつよう》になったら、2学期《がっき》の中間《ちゅうかん》テストが始《はじ》まる。
なのに、なのに……。

あたしの勉強《べんきょう》、ほとんどできてなーい！
中《ちゅう》2の勉強《べんきょう》って、中《ちゅう》1のより、ものすごくむずかしいんだもの。
中《ちゅう》1の勉強《べんきょう》だって、簡単《かんたん》だったわけじゃ、ぜんぜんないけど。
「執事《しつじ》の歌《うた》はいいから、こっちを見《み》ろ」
目《め》の前《まえ》のソファにすわって、あたしに命令《めいれい》したのは、ゲンパチ。
勉強《べんきょう》で、1か所《しょ》わからないところがあったから、質問《しつもん》したところなんだ。
うちでいちばん勉強《べんきょう》ができるのは、まちがいなくゲンパチだから。

それに高校生《こうこうせい》だし、中《ちゅう》2の勉強《べんきょう》なんて、軽《かる》いよね？

「メタン燃焼《ねんしょう》の化学式《かがくしき》の意味《いみ》がわからない、ということはわかった。さて、教《おし》える前《まえ》にひとつきいておく。わからないのはそれだけか？」

「うっ」

鋭《するど》い……。さすがは、ゲンパチ。

ほかにも、わからないところ、たくさんあると思《おも》う。

まず、どこがわからないのか、わかってないんです、はい。

「ではきくが、物質《ぶっしつ》の燃焼《ねんしょう》とは何《なに》か？」

「えっ。こう、ボーッと、熱《あつ》くなること」

「ふーむ。そこからか」

うぅぅ。ぜんぜんちがうらしい。

そのとき、シノが、キッチンから出《で》てきた。

それに気《き》がついて、ゲンパチが声《こえ》をかける。

「シノ、聞《き》いていたか？　同《おな》じ学年《がくねん》だろう。説明《せつめい》してあげて」

「はい？　燃焼《ねんしょう》ですか？　ものが燃《も》えることです！」

ニコニコして答《こた》えながら、エプロンをはずす。

「化学反応《かがくはんのう》で言《い》えば？」

「お肉《にく》の場合《ばあい》は、熱《ねつ》でタンパク質《しつ》が変化《へんか》してかたくなりますね。だから、ステーキなどの厚切《あつぎ》り肉《にく》を焼《や》くときは、表面《ひょうめん》だけ強火《つよび》で焼《や》いておくのが、おいしさを閉《と》じ込《こ》める秘訣《ひけつ》です！」

すっごーい、あざやか！

「ふうー。なんの話《はなし》だ」

あれっ、ちがうの？

ゲンパチが、メガネの位置《いち》を直《なお》す。

「肉《にく》を焼《や》くのと、燃焼《ねんしょう》させるのとはちがう。根《こん》本《ぽん》から理解《りかい》していないとなると、化学式《かがくしき》の基本《きほん》も身《み》についていないだろうし――」

ブツブツ、ブツブツ。

これは、マズい気《き》がする……。

「君《きみ》たち、来週《らいしゅう》から中間試験《ちゅうかんしけん》のはずでは？」

「そうでーっす」

シノとあたしは、声《こえ》を合《あ》わせて答《こた》える。

明《あか》るくふるまおう。それしかない。

ニコニコ。ニコニコ。ニコニコニコニコ。

「和室《わしつ》に集合《しゅうごう》」

「えーっ！」

《和室《わしつ》に集合《しゅうごう》》っていう言葉《ことば》は、うちでは恐怖《きょうふ》のサインなんだよ！

ゲンパチが、気合《きあ》いを入《い》れて勉強《べんきょう》を見《み》てくれるときは、だいたい和室《わしつ》でやる。

そんなとき、和室《わしつ》に一度《いちど》、入《はい》ったら――。

いつ、外《そと》に出《で》られるかは――。

わからない――。

キャアアアアアアアアアアアアアアアアアアアアアアアアア！

集合命令《しゅうごうめいれい》で集《あつ》められたのは、中学生《ちゅうがくせい》の３人《にん》――シノ、ケノ、そして、あたし。

ほかに、うちの中学生《ちゅうがくせい》は、ブンゴとミッチー。

ミッチーは、きっと今《いま》ごろ、部活《ぶかつ》だろうなあ。

ふつうなら、試験直前《しけんちょくぜん》は部活《ぶかつ》がお休《やす》み。でも、熱心《ねっしん》な部《ぶ》だと、試合《しあい》が近《ちか》いとかで特別練習《とくべつれんしゅう》してたりするんだ。

ブンゴのほうは、どこをウロウロしているのか、いつもナゾ。

ちゃぶ台《だい》には、ノートと問題集《もんだいしゅう》、参考書《さんこうしょ》。

あたしのとなりに、シノ。反対側《はんたいがわ》のとなりに、ケノ。

シノとあたしは、同《おな》じ学年《がくねん》だから、いっしょに中《ちゅう》2の勉強《べんきょう》をしてる。ケノは、ひとりで中《ちゅう》1の勉強《べんきょう》をやってる。

あと5、6分《ぷん》で、時代劇《じだいげき》チャンネルの『かくれんぼう将軍《しょうぐん》』が始《はじ》まる時間《じかん》なのになあ。

顔《かお》を上《あ》げると、真正面《ましょうめん》から、ゲンパチがにらんでる。

「もうすぐテレビの時間《じかん》だ、とでも考《かんが》えているのだろう」

「なんでわかるの!?」

心《こころ》を完全《かんぜん》に読《よ》まれている!?

う〜っ、この圧迫感《あっぱくかん》、たえられないよ。

「ぬぬぬぬぬ、……トイレ行《い》っていい？」

この部屋《へや》から脱出《だっしゅつ》したい！　５分《ふん》でもいいから！

「14分前《ぷんまえ》にも行《い》ったが、もし本当《ほんとう》に今《いま》また行《い》きたいようなら、病気《びょうき》の可能性《かのうせい》もあるので、月曜日《げつようび》には学校《がっこう》を休《やす》んで医者《いしゃ》へ行《い》ったほうがいい。ああ、今電話《いまでんわ》すれば診療予約《しんりょうよやく》くらいは――」

「だーっ、いい、いい、いい！　がまんします！」

病気《びょうき》だなんて、ひどいよ。

トイレに行《い》きたいとか、お腹《なか》がすいたとか――。

そういうのって、勉強《べんきょう》してると、いつもより強《つよ》く感《かん》じるよね？　ね？

そう思《おも》わない？

「あっ！　それより、のどがかわいたかも。お茶《ちゃ》、取《と》ってきてもい――」

「飲《の》み物《もの》なら、ボク、持《も》ってきます」

シノ!?

「いいって、いいって。あたしが持《も》ってくるから」

あたしより先《さき》に、部屋《へや》から出《で》ようったって、そうはいかないからね。

「いいんですよ、サトミさまはどうぞ、お勉強《べんきょう》を続《つづ》けてください」

続《つづ》けたくないんだってば。

「悪《わる》いからいいって」

「今《いま》さらなんですか」

「まあまあ、すわっててよ」

「サトミさまこそ」

「やあだ、えんりょしないの」

「いいんで——」

「犬塚《いぬづか》シノが行《い》けっ」

ゲンパチが、ギロリとあたしをにらむ。

「そんな！　あたしが言《い》い出《だ》したんだから、あたしが行《い》ったほうが——」

「ノートを見《み》ろ」

「あ」

あたしのノートのページは、まっ白《しろ》。

「う」

シノ、練習問題《れんしゅうもんだい》、ぜんぶ解《と》いてある。

ぬぬぬ、この執事《しつじ》、いつの間《ま》に。

「――行《い》ってきます」

シノが歩《ある》き出《だ》すと、

「手伝《てつだ》うっ」

ケノが立《た》ち上《あ》がる。

「ケノまで？」

ひどい。あたしをひとりにする気《き》？

あたしも立《た》ち上《あ》がると、

「ゴホン！」

ゲンパチが、大《おお》きく、せき払《ばら》い。

席《せき》にもどれ、って、心《こころ》の声《こえ》が聞《き》こえる気《き》がするよ……。

「……は〜い」

あたしは、自分《じぶん》の座布団《ざぶとん》にすわりなおす。

ケノはシノを追《お》いかけて、いっしょに部屋《へや》を出《で》て行《い》っちゃった。

和室《わしつ》には、ゲンパチとあたし、２人《ふたり》だけ――。

やれって言《い》われた問題《もんだい》、解《と》けない……。

気分《きぶん》まっくら……。

そーっと、顔《かお》を上《あ》げて、ゲンパチの顔《かお》を見《み》てみる。

ゲンパチは、問題集《もんだいしゅう》の別《べつ》のページを、じっと読《よ》んでる。

ちょっとだけ、ヒントをくれないかなあ。

「ん？」

ゲンパチが、本《ほん》から顔《かお》を上《あ》げる。

「すきま風《かぜ》か」

本《ほん》に向《む》き直《なお》った。

「ホント、少《すこ》しスースーするね」

窓《まど》は閉《し》めてあるのに、ほんの少《すこ》しだけ、風《かぜ》が感《かん》じられる。

この家《いえ》も古《ふる》くなってきたから、あちこちに、すき間《ま》があるのかもね。

あっ——そうだ！

「あのー、上着《うわぎ》を取《と》ってきてもいい？　少《すこ》し寒《さむ》くて」

ふっふっふ、あたしったら、あったまいーっ。これで和室《わしつ》を出《で》られる。

外《そと》の空気《くうき》を吸《す》えば、サーッと頭《あたま》がスッキリして、こんな問題《もんだい》もチャーッと解《と》けて――。

フワッ。

「え!?」

やわらかいものが、飛《と》んできた。

「それ着《き》てろ」

ゲンパチが、着《き》ていたカーディガンをぬいで、あたしに投《な》げたんだ。

「いっ、いいよ。これじゃゲンパチが寒《さむ》いし」

「むしろ暑《あつ》い」

暑《あつ》い？　もう秋《あき》なのに。

あたしがポカンとしていたら、

「……君《きみ》に勉強《べんきょう》を教《おし》えると……暑《あつ》い」

もしかしてそれ、あたしの出来《でき》が悪《わる》すぎるってこと？

す、すみません。

「だから着《き》ろ」

「……ありがと」

言《い》われたとおりに、着《き》る。

ゲンパチのカーディガン、すそが長《なが》くて、あったかい。

眠《ねむ》くなって、ますます頭《あたま》が働《はたら》かない。

問題《もんだい》は解《と》けないし、『かくれんぼう将軍《しょうぐん》』が始《はじ》まる時間《じかん》はもうすぐだし。

困《こま》ったなあ……。

「ぼんやりするな」

わっ、見《み》られてた？

「見《み》ていなくても気配《けはい》でわかる」

ぐぐっ。

「まさか、またテレビのことを……？」

「はうぅっ!?」

「この期《ご》に及《およ》んで、いつもどおりにテレビを見《み》るつもりではないだろうな」

「そ、そんなことないっ。そっ、そりゃもうすぐ『かくれんぼう将軍《しょうぐん》』が始《はじ》まるけど、録画予約《ろくがよやく》してあるし。ほら、試験《しけん》が終《お》わってから、見《み》ればいいでしょ？　便利《べんり》な世《よ》の中《なか》だねえ～」

ああっ、ハラハラ。

録画予約《ろくがよやく》がしてあるのは、本当《ほんとう》のこと。

だけど、それでもやっぱり、放送時間中《ほうそうじかんちゅう》にリアルタイムで見《み》るつもりだった――なーんて言《い》えない。絶対《ぜったい》に言《い》えないよ。

もう無理《むり》。

さよなら、かくれんぼう将軍《しょうぐん》。試験《しけん》が終《お》わる、その日《ひ》まで――。

あたしが心《こころ》の中《なか》で、そっと涙《なみだ》ぐんだ、そのとき。

スパーン！

いきなり、引《ひ》き戸《ど》が全開《ぜんかい》。

「つただいまー」

ミッチー！

制服《せいふく》のまま、和室《わしつ》に上《あ》がりこんできた。

「なに？　勉強《べんきょう》？　めずらしいな～、サトミ」

「試験前《しけんまえ》なのに、部活《ぶかつ》がんばってきたんだね、ミッチー」

「へ？　試験前《しけんまえ》？」

ミッチー、目《め》が点《てん》。

ゲンパチがスマホを操作《そうさ》する。

画面《がめん》に何《なに》かの表《ひょう》が出《で》てくると、

「南中《なんちゅう》ウェブサイトによると、来週《らいしゅう》から中間試験《ちゅうかんしけん》のようだが？　南学《なんがく》と同様《どうよう》だな」

それをミッチーに見《み》せた。

「…………マジ？」

ミッチー、ポッカーン。

試験《しけん》があること自体《じたい》を忘《わす》れてた人《ひと》、発見《はっけん》!!

「ミッチー、大丈夫《だいじょうぶ》なの？」

と、あたしがきくより先《さき》に、ゲンパチは本《ほん》を持《も》ち上《あ》げる。

「余裕《よゆう》があるようだから、里見《さとみ》サトミに教《おし》えてやってくれ」

(理《り》) 1V《ボルト》の電圧《でんあつ》を加《くわ》えたとき1A《アンペア》の電流《でんりゅう》が流《なが》れる抵抗《ていこう》の値《あたい》は？

カチーン。ミッチー、固《かた》まった。

（国《こく》）夏目漱石《なつめそうせき》の『坊《ぼ》っちゃん』は一人称《いちにんしょう》の小説《しょうせつ》である。さて一人称《いちにんしょう》とは？　例《れい》をあげよ。

ミッチー、まだ固《かた》まったまま。


（英《えい》）Satomi studied nothing yesterday.《サトミ スタディド ナスィング イエスタデイ》疑問文《ぎもんぶん》を作《つく》れ。

（社《しゃ》）日本《にっぽん》が国《くに》としてかかげる非核三原則《ひかくさんげんそく》。核兵器《かくへいき》を持《も》たない、作《つく》らない、それから？

（算《さん》）三角形《さんかっけい》の面積《めんせき》は底辺《ていへん》×高《たか》さ÷2で求《もと》められる。では台形《だいけい》は？


次《つぎ》から次《つぎ》へと、ゲンパチからミッチーへ、質問《しつもん》が浴《あ》びせられる。

中学《ちゅうがく》2年生《ねんせい》の問題《もんだい》から、中《ちゅう》1、小《しょう》6、小《しょう》5の問題《もんだい》……。

ミッチーには答《こた》えられない……。

「いつ、いいよ、もう」

ミッチーは、手《て》をブンブンふって、ゲンパチを止《と》めようとするけど、

「そこにすわれ」

ゲンパチは、座布団《ざぶとん》を指《ゆび》さす。

「え？　あっ、でも、ほら、オレ勉強《べんきょう》、1人《ひとり》でやるほうが好《す》きっていうか」

「す　わ　れ」

「いいって。オレは、いいの」

「あまり成績《せいせき》が悪《わる》いと、部活禁止《ぶかつきんし》になる学校《がっこう》もある」

ミッチー、急《きゅう》に、目《め》がまん丸《まる》になった。

「マジで!?」

「うそ!?」

あたしも、それは知《し》らなかった。

「学校《がっこう》にきいてみるか」

ゲンパチが、ミッチーにスマホを差《さ》し出《だ》す。

「いいっ、いいっ！」

ミッチーが首《くび》を横《よこ》にふる。

「冗談《じょうだん》じゃねーよ。1学期《がっき》の成績《せいせき》、マジ最低《さいてい》だったし……」

それを聞《き》いて、こんどは、ミッチーのことが心配《しんぱい》になってきた。

忍者《にんじゃ》の一族《いちぞく》に生《う》まれついたのに、ちっとも忍者《にんじゃ》に向《む》いてない、ミッチー。

だから1年前《ねんまえ》に、思《おも》い切《き》って、忍者《にんじゃ》をやめることにしたんだ。

この里見家《さとみけ》に住《す》んで、中学《ちゅうがく》の陸上部《りくじょうぶ》でがんばり始《はじ》めた。

もともとがんばりやだし、足《あし》は速《はや》いし、ミッチーはすごいんだ。

今《いま》は、地域《ちいき》のスター選手《せんしゅ》って言《い》われるくらいなんだよ。

部活《ぶかつ》、やめなきゃいけなくなったりしたら、チョ〜〜もったいない。

「ミッチー、すわって。勉強《べんきょう》、がんばろ！」

あたしだって、勉強《べんきょう》したくない。

だけど、今《いま》はミッチーをはげまさなくちゃ。

「忍者《にんじゃ》やめてから、陸上《りくじょう》、ずっとがんばってきたよね。陸上《りくじょう》、やめたくないよね？」

あたしの目《め》を見《み》て、ミッチーは、

「…………ん」

こっくり、うなずいて、畳《たたみ》の上《うえ》にあぐらをかいた。

「そうだ。自分《じぶん》から『オレはいい』などと言《い》うな」

ゲンパチは、ゆっくり言《い》いながら、

「それは、敗北宣言《はいぼくせんげん》にほかならん」

ちゃぶ台《だい》の上《うえ》の本《ほん》やノートを、ひとつひとつ閉《と》じる。

「自分《じぶん》に敗北《はいぼく》をゆるすな。守《まも》りたいものが、ひとつでもあるならば」

ぜんぶ、閉《と》じ終《お》わったとき、顔《かお》を上《あ》げた。

「では」


(算《さん》) 九九《くく》をすべて言《い》え。

小学校《しょうがっこう》2年生《ねんせい》の算数《さんすう》まで、もどっちゃったよ!

「ニニンガシ、ニサンガロク、ニシガハチ、ニゴジュウ、ニロクジュウニ……」

ミッチーの額《ひたい》には、汗《あせ》がにじんでる。

和室《わしつ》はもう、ミッチーだけのための、特別集中教室《とくべつしゅうちゅうきょうしつ》。

あたしは、そうっと立《た》ち上《あ》がって、静《しず》かに引《ひ》き戸《ど》を開《あ》けると、

(ミッチー……がんばれ)
心《こころ》の中《なか》でつぶやいて、外《そと》に出《で》た。

二■こうして夜《よる》が更《ふ》けていく

じ、自由《じゆう》だぁああああ！

和室《わしつ》に残《のこ》ったミッチーには、ごめんなさい！
でも、ミッチーのおかげで脱出《だっしゅつ》できて、チョ〜〜〜うれしい！
両手《りょうて》を上《あ》げて、地平線《ちへいせん》に向《む》かって走《はし》り出《だ》しそうになる。
でも家《いえ》の中《なか》だし、地平線《ちへいせん》なんか見《み》えない。
そうだっ、地平線《ちへいせん》の代《か》わりに、キッチンに向《む》かって走《はし》って行《い》こう！
お茶《ちゃ》でもついで、テレビの前《まえ》にすわって、のびのび『かくれんぼう将軍《しょうぐん》』を――。
「サトミどの！」
キッチンから、ダイカが出《で》てきた。

「サトミどの、大変《たいへん》でござる！」

と、見《み》せたお盆《ぼん》には、お茶《ちゃ》が２人分《ふたりぶん》。おせんべいまでのっかってる。

「うわっ、ありがと――」

「『かくれんぼう将軍《しょうぐん》』が、とっくに始《はじ》まっているでござるよ!!」

知《し》ってたよ！

「早《はや》く早《はや》く」

テレビの前《まえ》のローテーブルに、お茶《ちゃ》とおせんべいを置《お》く。

「ご安心《あんしん》めされよ。まだ最初《さいしょ》のＣＭ前《まえ》でござろう」

ソファに山積《やまづ》みになっているクッションを、きちんと並《なら》べる。

「ありがと！」

あたしは、ダイカのとなりのクッションに、ボーンと飛《と》び乗《の》る。

「…………」

しーん。

あとは、約《やく》40分《ぷん》、じっとテレビを見《み》つめてた。

終《お》わりの歌《うた》が流《なが》れて……。

「ぷはーっ！　すごかったね、忍者軍団《にんじゃぐんだん》！」

あたしは最高《さいこう》に盛《も》り上《あ》がった気分《きぶん》。

「やはり将軍様《しょうぐんさま》はすごい。忍者《にんじゃ》も頭《あたま》が上《あ》がらぬでござる」

ダイカはしみじみ、感動《かんどう》をかみしめてる。

良《よ》かった。和室《わしつ》を脱出《だっしゅつ》してきたかいがあった。

ミッチーのぎせいは、めちゃ尊《とうと》いよ……本当《ほんとう》にありがとう……。

「あっ、そうでござった。頭《あたま》が上《あ》がらぬといえば」

ダイカは、テレビを消《け》したとたん、何《なに》かを思《おも》い出《だ》したみたい。

「さきほど、ケノの電話《でんわ》に、早《はや》く帰《かえ》ってくるようにと、ママからメールが来《き》たのでござる」

ケノは、ママとマネージャーさんと事務所《じむしょ》と学校《がっこう》と警察《けいさつ》にしかつながらない携帯電話《けいたいでんわ》を、ママからプレゼントされて持《も》ってる。

「試験前《しけんまえ》なのに、ケノが外《そと》で遊《あそ》んでいると思《おも》って、ママはカンカン」

あちゃー！　がんばって勉強《べんきょう》してたのに！

「そこで、ケノの家《いえ》で勉強《べんきょう》すればいい、ということになり、シノはケノといっしょに帰《かえ》ったでござる。『明日《あした》の昼前《ひるまえ》にはもどると、サトミさまに伝《つた》えてください』だそうでござるよ」

うわ！　シノとケノ、仲良《なかよ》しだなあ。

2人《ふたり》とも、キッチンにいないと思《おも》ったら、そういうことだったんだ。

シノは、すっごく厳《きび》しいケノのママと、仲良《なかよ》くできてるみたいで、よかった。

「じゃ、今夜《こんや》はシノとケノがお出《で》かけで、ええと、ブンゴとソウスケはまだもどってない、と」

ブンゴとソウスケのことなら、心配《しんぱい》はないよね。

「それじゃ、『かくれんぼう将軍《しょうぐん》』も見《み》たし、そろそろ寝《ね》よっかなあ……」

ところが、

「サトミどの」

ダイカはあたしに顔《かお》を近《ちか》づけて、

「忍者《にんじゃ》の気配《けはい》がするでござるな」

ささやいた。目《め》がかがやいてる。

「に――!?」

びっくりしたあたしの前《まえ》に、真剣《しんけん》な目《め》で、人差《ひとさ》し指《ゆび》を出《だ》す。

「しっ」

だれかに聞《き》かれてる、とでも？

「さきほどから、外《そと》でしきりに聞《き》こえる、犬《いぬ》の声《こえ》」

ダイカ、大《おお》まじめだよ。

「動物《どうぶつ》の声《こえ》に似《に》せた信号《しんごう》を送《おく》り合《あ》う。これぞ忍者《にんじゃ》の、戦《たたか》いの前《まえ》の合図《あいず》でござる」

「ご近所《きんじょ》のワンコだってば」

「それに……先《さき》ほどから妙《みょう》な風《かぜ》が吹《ふ》いているとは思《おも》わぬかな？　家《いえ》の中《なか》なのに」

「それは、すきま風《かぜ》。もう、この家《いえ》、古《ふる》いんだから」

それでも、ダイカの気《き》は収《おさ》まらない。

「ミッチーにきくのがよかろう」

和室《わしつ》の引《ひ》き戸《ど》に手《て》をかけたから、

「待《ま》って！」

あたしは、あわててダイカの肩《かた》をつかむ。

ダイカはじれったそうに、ふり返《かえ》る。

「なにゆえ？　もちはもち屋《や》に、忍者《にんじゃ》のことはミッチーにきくのが、いちばんでござるよ」

「そうだけど、勉強《べんきょう》のじゃましちゃダメだって」

ミッチーは今《いま》、それどころじゃないんだから。

「それに、ミッチーは忍者《にんじゃ》、やめてるんだからね」

最近《さいきん》、こっちから忍者《にんじゃ》の話《はなし》をするのは、どうなのかな、って思《おも》うんだ。

せっかく、自分《じぶん》で決心《けっしん》して、忍者《にんじゃ》をやめたって言《い》ってるのに……。

――ヒラリ。

天井《てんじょう》から、何《なに》かが落《お》ちてきた。

「あっ……！」

ダイカとあたし、同時《どうじ》に声《こえ》を上《あ》げる。

その紙《かみ》の大《おお》きさに、見覚《みおぼ》えがあったから。

テーブルに落《お》ちた、白《しろ》くて長細《ながほそ》い紙《かみ》を、裏返《うらがえ》す。

凶《きょう》

やっぱり……。

「オウ！　これは、グランパの貧乏《びんぼう》くじ」

ダイカは、あたしのおじいちゃんのこと、グランパって呼《よ》ぶ。

「ほうら、ほうら〜〜、やっぱり」

おみくじを拾《ひろ》い上《あ》げて、あたしは、にんまり。

「動物《どうぶつ》の声《こえ》も、すきま風《かぜ》も、忍者《にんじゃ》のせいじゃなくて、貧乏神《びんぼうがみ》のおじいちゃんのせいだよ」

うちのおじいちゃんは、オバケになってときどき出《で》てくる。最近《さいきん》、オバケのレベルが上《あ》がったと思《おも》ったら、貧乏神《びんぼうがみ》になっちゃった。

そのせいで、うちにはときどき、なぞのおみくじが現《あらわ》れる。

それを「貧乏《びんぼう》くじ」って呼《よ》ぶんだ。

「この貧乏《びんぼう》くじのせいで、家《いえ》がますます貧乏《びんぼう》くさくなっちゃって、壁《かべ》がうすくなったり、すき間《ま》ができたりしてるだけだよ。だから、みーんな、おじいちゃんのせい」

あー、スッキリした。

「そうかのう」

ダイカは、ひどく残念《ざんねん》そう。

「ひどい……」

小《ちい》さな声《こえ》がしたので、

「え？」

あたしとダイカが見回《みまわ》すと――。

リビングのテーブルは、分厚《ぶあつ》いガラス板《いた》でできてる。

そのガラスの下《した》に、

「うわぁあああああっ！」「＃％％＄＆＃＃＄￥!!」

おじいちゃんの顔《かお》が！

「何《なに》してるの、そんなとこで!?」

若《わか》いときのイケメンバージョンの顔《かお》だけど、それでも不気味《ぶきみ》だよ。

あたしも、ダイカも、のけぞっちゃった。

「しくしくしく……」

「そんなとこで、泣《な》きまねしないでよ、おじいちゃん」

「だって、だって」

ぬめーっ、と、ガラス板《いた》を通《とお》り抜《ぬ》けて、おじいちゃんがテーブルの上《うえ》に出《で》てくる。

「うわあ……」

自分《じぶん》のおじいちゃんだとわかっていても、こういうのは、何度《なんど》見《み》ても気持《きも》ちが悪《わる》い。

「おじいちゃんが、わざと、悪《わる》いこと起《お》こしてるわけじゃないもん。おじいちゃんの貧乏《びんぼう》パワーが、勝手《かって》に働《はたら》いているだけだもん」

まーた、そんなふうに、かわいい言《い》い方《かた》でごまかそうとして。

「『もん』とか言《い》わないの。いい歳《とし》して」

「まあまあ、サトミどの、そう言《い》わずに」

あっ、ダイカまで、おじいちゃんの味方《みかた》？

「なんでもかんでも、グランパのせいにするのは、気《き》の毒《どく》でござろう」

「だって、貧乏神《びんぼうがみ》だよ？　だいたいのことは、おじいちゃんのせいってことで、いいんじゃない？」

「それは大《おお》ざっぱすぎますぞ」

「よく言《い》われる」

貧乏《びんぼう》くじを引《ひ》きっぱなしにしておくと、家族《かぞく》に悪《わる》いことが起《お》こっちゃう。

「それより、早《はや》くこのくじを『みそぎ』で清《きよ》めようっ」

みそぎの儀式《ぎしき》をして清《きよ》めれば、「貧乏《びんぼう》くじ」の力《ちから》はなくなる。

「面倒《めんどう》だけど、これで万事《ばんじ》オッケーだからね。シンベー、どこ？」

どこ、ってきいても、コアラのシンベーは、滅多《めった》に返事《へんじ》をしない。

見回《みまわ》すと——いた、いた。

シンベーは、鉢植《はちう》えのユーカリの上《うえ》で、まったり中《ちゅう》。

鉢植《はちう》えのユーカリはいくつかあるけど、その中《なか》でいちばん大《おお》きいのが、シンベーのお気《き》に入《い》り。

リビングとダイニングの間《あいだ》に置《お》いてあるんだ。

「はいっ、シンベー。これ、食《た》べてくれる？」

貧乏《びんぼう》くじを持《も》ち上《あ》げて、鼻先《はなさき》にかざすと、

「……ググ」

あれ。シンベー、そっぽを向《む》いちゃった。

シンベーが貧乏《びんぼう》くじを食《た》べて、幸《しあわ》せになってくれたら、「みそぎ」が完成《かんせい》するのに。

今《いま》は、お腹《なか》がいっぱいなのかな。

「サトミどの。貧乏《びんぼう》くじは、庭《にわ》の『福《ふく》ナス』の枝《えだ》に結《むす》ばねばならぬのでは？」

「あっ、そっか」

忘《わす》れてた。シンベーが食《た》べる前《まえ》に、まず、それだ。

「じゃあ、結《むす》んでくるから。シンベー、あとで食《た》べておいてね」

「ムムグ……」

ちゃんと聞《き》いてるのかな。シンベーは、眠《ねむ》そうに目《め》を閉《と》じる。

「まったく、手間《てま》かけさせるよ、おじいちゃんは」

「わざとじゃないもん……」

と、言《い》いながら、おじいちゃんは、暗《くら》い庭《にわ》についてきてくれた。

本当《ほんとう》は、いいおじいちゃんなんだよね。

早《はや》く貧乏神《びんぼうがみ》のレベルが上《あ》がって、福《ふく》の神《かみ》に昇格《しょうかく》できるといいんだけど。


ナスの枝《えだ》に貧乏《びんぼう》くじを結《むす》びつけたら、安心《あんしん》して、ねむくなってきた。

時計《とけい》を見《み》ると、もう、かなり遅《おそ》い時間《じかん》。

「おやすみ、ダイカ」

「グッナイ、サトミどの。くれぐれも、敵《てき》の忍者《にんじゃ》には気《き》をつけて」

まだ言《い》ってる！　敵《てき》ってだれよ、まったく。

ダイカは、2階《かい》に上《のぼ》っていく。

大好《だいす》きな和室《わしつ》は、ゲンパチとミッチーに使《つか》われちゃってるから、別《べつ》の部屋《へや》で寝《ね》るつもりみたい。

そのとき玄関《げんかん》に、

「ただいま」

ブンゴが帰《かえ》ってきた。

脱《だつ》・不良《ふりょう》したわりには、帰《かえ》りが遅《おそ》いなあ。

「もうすぐ夜中《よなか》だよ。どうしたの」

「は？　勉強《べんきょう》に決《き》まってんだろ。試験前《しけんまえ》なの、わかってる？」

う。わかってますよー。

「うちでいっしょにやればいいのに」

「あのな。だれかさんとはレベルが違《ちが》うの」

うわっ、はっきり言《い》われた！

「勉強《べんきょう》って、どこで？」

「知《し》り合《あ》いの店《みせ》。夜遅《よるおそ》くなると空《す》いてて、静《しず》かなんだよね」

えー。店《みせ》、って、レストランとか、カフェとか？　こんな夜《よる》に？

なんかオトナ……。むむ。

「ただいま」

という声《こえ》がして、ふり向《む》いたら、玄関《げんかん》にはソウスケが。

「おかえり。遅《おそ》かったね、ソウスケも」

「なんか、家《いえ》から、異様《いよう》な緊張感《きんちょうかん》が伝《つた》わってきたからさ……外《そと》でずっと、占《うらな》い営業《えいぎょう》してた」

ソウスケは、今話題《いまわだい》の占《うらな》い師《し》。その上《うえ》、かなりすごい霊能力者《れいのうりょくしゃ》でもある。

だから、目《め》に見《み》えないようなことまで、いろいろと感《かん》じ取《と》れるんだ。

「異様《いよう》な緊張感《きんちょうかん》って」

「発生源《はっせいげん》は、その和室《わしつ》」

やっぱり。

「それにしてもコブンゴくん、ファミレスのバイトに知《し》り合《あ》いがいるからって、大人《おとな》ぶってるよなあ」

ソウスケが笑《わら》うと、

「ちげーよ！」

ブンゴは、大声《おおごえ》でソウスケに言《い》い返《かえ》す。

「大人《おとな》だとかだれも言《い》ってねえし」

「言《い》わなくてもわかるの」

「ウサンクセはだまってろ」

「いいかげんその呼《よ》び名《な》、やめてくれる？」

「文句《もんく》ねえだろ、本名《ほんみょう》なんだから。ああ？」

「本名《ほんみょう》は犬川《いぬかわ》ソウスケですー、雑誌《ざっし》とかにものってますー、ちゃんと読《よ》んでくださいぃい」

「ああーもうっ、夜中《よなか》にケンカは――」

スパーン！

和室《わしつ》の引《ひ》き戸《ど》が、大開《おおびら》き。

「うるさぁああい！」

ダンダンダンダンダン！

ゲンパチが鬼《おに》みたいな顔《かお》して、玄関《げんかん》まで歩《ある》いてきたよ！

「ごっ、ごめん、ゲンパチ！　ブンゴ、もう寝《ね》て。はい、はい、おやすみ」

あたしはあわてて、ブンゴを２階《かい》に追《お》いやる。

「なんか今日《きょう》は、自分《じぶん》ちで寝《ね》たほうがいいかな……」

ソウスケは、玄関《げんかん》から上《あ》がらないまま、

「一応《いちおう》、サトミの顔《かお》見《み》られたし――また明日《あした》。おやすみっ」

ヒラリと手《て》を振《ふ》って、出《で》ていっちゃった。

「ふんっ」

ゲンパチも、リビングを大《おお》またで通《とお》り抜《ぬ》けて、和室《わしつ》にもどる。

２階《かい》と、外《そと》と、和室《わしつ》と――。

あたしは、三方向《さんほうこう》に散《ち》っていく男子《だんし》たちを、見送《みおく》るしかない。

試験前《しけんまえ》でも、うちはやっぱり、さわがしい。

「――ここまでわかったか？　ここで、ふつうのポヤングの数《かず》をＸ、ジャンボポヤングの数《かず》をＹとしたのを覚《おぼ》えているな？　するとその値段《ねだん》は合計《ごうけい》すると――」

一瞬《いっしゅん》、なんの話《はなし》かと思《おも》ったよ。

開《あ》けっ放《ぱな》しにした引《ひ》き戸《ど》の向《む》こうから、ゲンパチの授業《じゅぎょう》が、聞《き》こえてくる。

ただし！

その内容《ないよう》が、ぜんぶ、ポヤング――カップ焼《や》きそば。

「ちょい待《ま》ち。ふつうのポヤングが、ジャンボポヤングの……ええと、半分《はんぶん》の値段《ねだん》、ってことだろ？　そしたら、えっと――」

カップ焼《や》きそばが大好《だいす》きなミッチーは、熱心《ねっしん》に考《かんが》えているみたい。

ミッチーのやる気《き》を引《ひ》き出《だ》してる……。ゲンパチ、さすがあ！

このぶんだと、この授業《じゅぎょう》、まだまだ続《つづ》くね。

(ミッチー……ご無事《ぶじ》で)

あたしは、心《こころ》の中《なか》でつぶやいて、そうっと、引《ひ》き戸《ど》を閉《し》める。

よーし、今度《こんど》こそ、寝《ね》よう！　そして、

「明日《あした》はあたしも、ちゃんと勉強《べんきょう》するぞっ」

と、口《くち》に出《だ》してみる。

ホントに、そうするぞっ。

でも――。

あたし、甘《あま》かったんだ……。

朝《あさ》になったら、新《あたら》しい1日《にち》が始《はじ》まる。

始《はじ》まってみたら、その1日《にち》って、まったく勉強《べんきょう》どころじゃなかったんだから。

三 ■ 勉強《べんきょう》どころじゃない日《ひ》

しぃん。

あたしが起《お》きたのは、朝《あさ》の9時《じ》くらい。

週末《しゅうまつ》の朝《あさ》の9時《じ》で、家《いえ》がこんなに静《しず》かだなんて、あり得《え》ない。

この1年《ねん》ほど――。

いつもだれかが先《さき》に起《お》きて、やかましくしてた。

シノがキッチンで何《なに》か作《つく》っていたり、ダイカが庭《にわ》でディジュリドゥを吹《ふ》いていたり。

ブンゴとソウスケがケンカしていたり、ね。

だから、こんなに静《しず》かだと……変《へん》な感《かん》じがする。

そうっと部屋《へや》のドアを開《あ》け、ろうかに出《で》る。

ろうかの床《ゆか》をふむとギシギシいうのが、気《き》になる。ホント、家《いえ》、古《ふる》くなりすぎ？

しかも、ふうっ、と、すきま風《かぜ》。

「また？　いったい、どこから……？」

見回《みまわ》しても、かべにひび割《わ》れがあるわけでも、窓《まど》が開《ひら》いているわけでもない。

ただ、気《き》がつくところといえば、

「ケノ？」

ケノのポスターが、この短《みじか》いろうかに、2枚《まい》もはってある。

これ、新《あたら》しいCDの宣伝《せんでん》ポスターだよね。この前《まえ》、ケノが見《み》せてくれたっけ。

2つのバージョンがある。

Aバージョンは、南《みなみ》の島《しま》でバカンス中《ちゅう》みたいな、青空《あおぞら》の下《した》のケノ。

Bバージョンは、外国旅行《がいこくりょこう》を計画中《けいかくちゅう》みたいな、地球儀《ちきゅうぎ》を回《まわ》すケノ。

どちらも、ケノはとてもかわいく写《うつ》っているし、かっこいいポスターだよ。

でも――。

「自分《じぶん》ではったのかな……」

ケノなら、やりそうな気《き》もする。

でも、昨夜《さくや》はケノ、自分《じぶん》の家《いえ》に帰《かえ》ってたよね？

その前《まえ》から、はってあったっけ、これ？

「ケノくん、どこぉ？」

子《こ》どもの声《こえ》。

「!?」

心臓《しんぞう》が止《と》まるかと思《おも》った。

だれもいないと思《おも》ってたから。

見《み》ると、そこには、女《おんな》の子《こ》が立《た》ってる。

小学生《しょうがくせい》……ううん、幼稚園児《ようちえんじ》？

顔《かお》のかんじは、５、６歳《さい》。大《おお》きなキリッとした目《め》で、あたしを見上《みあ》げてる。

「あの、どなた……でしょう」

なぜだか、あたし、丁寧語《ていねいご》。

小《ちい》さな子《こ》どもなのに、大人《おとな》みたいに、存在感《そんざいかん》があるっていうか。

大人《おとな》なのに、めちゃくちゃに存在感《そんざいかん》がうすい、オバケのおじいちゃんの正反対《せいはんたい》だよ。

服装《ふくそう》は、ヒラヒラしたワンピースで、かなりかわいらしいのに。

「ヒトヨね、ケノくんの、ファンなんだお」

「そっ——そうなんですかあ。お名前《なまえ》、ヒトヨ……ちゃん？」

へらへら、笑《わら》ってみる。

その間《あいだ》に、頭《あたま》の中《なか》が、はてなマークでうまっていく。

なんで、この子《こ》、ここにいるの？

この家《いえ》がケノに関係《かんけい》あるって、知《し》ってるの？

もしそうなら、どうして知《し》ってるの？　どうして中《なか》に入《はい》れたの？

いったいどこから来《き》たの？　ていうか、だれ!?

へらへら！　へらへら！

「じゃ、じゃあ、ヒトヨちゃんが、このポスターをはったんですかあ？」

「ちがうもん！」

「そっ、そうなんだあ」

「ちがうもんっ、ちがうもんっ、ぜったあい、ちがうもん！」

なんでそんなに怒《おこ》るの。

と、思《おも》ったとたん、相手《あいて》は泣《な》いてた。

「ふぇぇええええええ。ケノくん、いないお……」

「あわわわわ」

泣《な》かれても困《こま》るよ！　怒《おこ》られるのもいやだけど！

「探《さが》しに行《い》くお」

がっ、と、手《て》をつかまれる。

しっかりしてる。すごい力《ちから》。

「ええっ!?　ううーん」

あたしは、ヒトヨに手《て》を引《ひ》かれて、1階《かい》におりる。

ろうかを歩《ある》いて、玄関《げんかん》の前《まえ》からリビングに入《はい》ろうとして——。

Uターン。

洗面所《せんめんじょ》、お風呂《ふろ》、そしてトイレ。パッ、パッ、と見《み》ておく。

やっぱり、だれもいない。

ろうかを歩《ある》いて、リビングに入《はい》って、つながっているダイニングへ。

「……いない」

1階《かい》のどこにも、人《ひと》の気配《けはい》がない。

……ゴクリ。

あたしは、つばを飲《の》み込《こ》む。

リビングにある、あの引《ひ》き戸《ど》を開《あ》ければ――。

和室《わしつ》。

昨夜《さくや》、寝《ね》る前《まえ》に見《み》たときは、あそこにミッチーとゲンパチがいた。

今《いま》は？

まさか、まだ、寝《ね》ないで勉強中《べんきょうちゅう》？

それとも、力《ちから》つきて、グウグウ眠《ねむ》ってる？

どちらにしても、その引《ひ》き戸《ど》って、あまり開《あ》けたくない。

でも、考《かん》えれば考《かん》えるほど、足《あし》はそっちに吸《す》い寄《よ》せられて――。

「ケノくん、その部屋《へや》にいゆ？」

ドキーッ！

引《ひ》き戸《ど》の前《まえ》まで来《き》てた。

「タハッ！　急《きゅう》に、後《うし》ろから、声《こえ》かけないでよっ」

後《うし》ろを向《む》くと、ヒトヨが、すぐそこにいる。

「ケノくん、いゆの？」

ぐいぐい迫《せま》られる。

「いない、いない」

昨夜《さくや》は、ケノ、自分《じぶん》の家《いえ》に帰《かえ》ったんだからね。

それに、うちにいたとしても、それは秘密《ひみつ》なんだよ。

人気《にんき》モデルでアイドル歌手《かしゅ》のケノが、うちにいるなんて、みんなに知《し》られたら大変《たいへん》。

「どうして、うちにケノがいるって、思《おも》うの？」

きいてみると――。

ニヤーリ。女《おんな》の子《こ》が、初《はじ》めて、笑《わら》った。

「そぇはー」

さらに、近付《ちかづ》いてくる。

「お姉《ねえ》たんが、教《おし》えてくぇたから」

「お姉《ねえ》ちゃんって？」

あたしは、じりじり、後《あと》ずさる。

背中《せなか》が、引《ひ》き戸《ど》にぶつかりそう。

ぶつかったら、その向《む》こうにいるゲンパチとミッチーが、びっくりするかな。

「大《おお》きいお姉《ねえ》たん」

「小《ちい》さいお姉《ねえ》ちゃんもいるの？」

あたしのすぐ前《まえ》で、女《おんな》の子《こ》は立《た》ち止《ど》まる。

そして、グッ、と、あたしを見上《みあ》げた。

「い、る、お」

ガバッ。あたしの腰《こし》に、抱《だ》きついた！

「いっ!?」

まるで、足《あし》が突然《とつぜん》、こおったみたい。まったく動《うご》かない。

なんかおかしい！

この子《こ》、絶対《ぜったい》、ケノのファンじゃないと思《おも》う!!

それは、あたしを油断《ゆだん》させるためのうそで、本当《ほんとう》は——。

本当《ほんとう》は——？

ダンッ。

突然《とつぜん》、肩《かた》にズッシリ、米袋《こめぶくろ》みたいに重《おも》いものが、のしかかる。

両肩《りょうかた》に、脚《あし》がかかってる——子《こ》どもの——女《おんな》の子《こ》のっ。

「ひぇえええ!?」

米袋《こめぶくろ》じゃない。子《こ》どもを肩車《かたぐるま》して——じゃなくて、されて——じゃなくて、させられてる!

いきなり重《おも》すぎ。フラフラするっ。

そのとき、首筋《くびすじ》に、冷《つめ》たいものがさわった。

ペタッ——って、足《あし》がいたいときとかにはる、湿布《しっぷ》みたいな。

冷《ひ》えぇぇえっ、ピタッ。

ゾワッとする感覚《かんかく》は、背中《せなか》を伝《つた》って、あっというまに全身《ぜんしん》に。

ヒラリッ。

肩《かた》に乗《の》っていた子《こ》どもが、床《ゆか》へ飛《と》び退《の》く。

と同時《どうじ》に、

「フヘハァ」

あたしは、力《ちから》が入《はい》らなくなって、床《ゆか》にひざをつく。

前《まえ》に手《て》をついて、やっとのことで顔《かお》を上《あ》げると、目《め》に入《はい》ったのは——。

足《あし》が4本《ほん》。

子《こ》どもが、2人《ふたり》いる!?

ワンピースの女《おんな》の子《こ》のとなりに、フワフワの短《たん》パンをはいた女《おんな》の子《こ》。

「里見家《さとみけ》の当主《とうしゅ》、サトミ姫《ひめ》か」

んん？　姫《ひめ》？

「ヒヘ？」

力《ちから》が抜《ぬ》けたままなので、ちゃんと言《い》えない。

「変《へん》な城《しろ》だお。姫《ひめ》しかいない」

「うん。殿《との》も后《きさき》もいない。姫《ひめ》と、家来《けらい》の男《おとこ》だけ。変《へん》なの」

それ、うちの話《はなし》？

うちは城《しろ》じゃないし、あたしは姫《ひめ》じゃないし、男子《だんし》たちは家来《けらい》じゃないし。

ツッコみたいけど、力《ちから》が抜《ぬ》けて、ツッコめない。

これ拷問《ごうもん》！

「ヘンラロハ、ソッヒラヨォ」

力《ちから》が抜《ぬ》けたまま、あたしは、なわでぐるぐる巻《ま》きにされる。

小《ちい》さいのに、２人《ふたり》とも、すごい力《ちから》。

ガラリッ。

和室《わしつ》への引《ひ》き戸《ど》が、開《ひら》いてびっくり——!?

四■犬山忍法《いぬやまにんぽう》・映《うつ》し身《み》の術《じゅつ》！　の巻《まき》

和室《わしつ》では、ゲンパチとミッチーが勉強《べんきょう》してると思《おも》ってたのに。
それはまったく、大《おお》まちがい！
ちゃぶ台《だい》はすみに寄《よ》せられて、その反対側《はんたいがわ》のかたすみに、ミッチーが寝《ね》てる。
その身体《からだ》は――あたしと同《おな》じ。なわで、ぐるぐる巻《ま》き。
ミッチーの顔《かお》の上《うえ》に、ノートと問題集《もんだいしゅう》。その下《した》からは、小《ちい》さないびきが聞《き》こえる。
集中授業《しゅうちゅうじゅぎょう》で、疲《つか》れ果《は》ててたおれた？
出来《でき》が悪《わる》すぎて、ゲンパチが怒《おこ》って、ぐるぐる巻《ま》きにした？
ううん、まさかね。いくらゲンパチでも、そこまではしないよ。
それに、ゲンパチは今《いま》、部屋《へや》にはいない。
かわりにいるのは、ダイカ。

やっぱり、なわでぐるぐる巻《ま》きになってますけど、

「オオ!?　いい朝《あさ》でござるな、サトミどの」

ニコニコしてる。

あたしは、2人《ふたり》の子《こ》どもに押《お》されて、畳《たたみ》の上《うえ》をゴロゴロ転《ころ》がる。

「ろうなってんの？」

あたしは、少《すこ》し、まともにしゃべれるようになってきたみたい。

ダイカの話《はなし》は、こうだった。

◆　◇　◆

朝《あさ》、ふしぎな気配《けはい》を感《かん》じて、目《め》を覚《さ》ましたのでござる。

ろうかに出《で》たら、オー！

2人《ふたり》の小《ちい》さな、かわいい子《こ》どもが！

「オオ!?　ユーは、忍者《にんじゃ》たちでござるかな？」

絶対《ぜったい》に、そうだと思《おも》ったのでござる！

そうしたら、2人《ふたり》はおどろいてしまって、

「にっ――にっ――」「バレてるお……？」

「にっ、忍者《にんじゃ》だったら、どうした！」

「大当《おおあ》たりー！　いやなに、昨夜《さくや》から、そんな気《き》はしていたのでござる」

喜《よろこ》んでいるうちに、なわでぐるぐる巻《ま》きにされたでござる。

「おおーっ、ナイスぐるぐる巻《ま》き！」

そして、ベッドルームへ投《な》げ込《こ》まれそうになったので、

「スミマセンッ、和室《わしつ》にプリーズ！」

「和室《わしつ》!?」

「そうでないと、気分《きぶん》が出《で》ないでござろう。ああ、そんな遠《とお》くまで、運《はこ》べない？　よきかな、よきかな」

ぐるぐる巻《ま》きのまま、階段《かいだん》をかけ下《お》り、この和室《わしつ》にかけこんで、

「さっ、ふすまをしめてくだされ」

と、すわりこんだところで、

「……おや。ミッチーは、ここでお休《やす》みか」

寝《ね》ているミッチーに、気《き》がついたでござる。グウグウ、高《たか》いびきでござるよ。

勉強《べんきょう》のしすぎで、つかれたのでござろう。

リトル忍者《にんじゃ》たちは、

「……いいや。ここでやっちゃおう」「やるお」

ミッチーの身体《からだ》も、なわでぐるぐる巻《ま》きに。

ミーは、忍者《にんじゃ》のぐるぐる巻《ま》きの技術《ぎじゅつ》に、見《み》とれてしまったでござるよ。

ついに、本物《ほんもの》の忍者《にんじゃ》につかまった。しかも、元忍者《もとにんじゃ》といっしょでござる。

ああ、日本《にっぽん》まで来《き》たかいが、あったのう……！


ダイカは、話《はな》し終《お》わって、しばられているのに、幸《しあわ》せそうに天井《てんじょう》を見上《みあ》げる。

この子《こ》どもたち、忍者《にんじゃ》なの……？

「お名前《なまえ》は？　ワッチャネ〜〜イム？」

ダイカがきくと、２人《ふたり》は、自分《じぶん》たちをそれぞれ指《ゆび》さす。

「犬山《いぬやま》ヒクテ」「犬山《いぬやま》ヒトヨ」

そしていっしょに、

「双子《ふたご》なの！」

「いいお返事《へんじ》でござる」

ダイカは、満足《まんぞく》。

「犬山《いぬやま》つれ、ミッチーのみょうり……」

みょうりじゃなくて、名字《みょうじ》、って言《い》いたいの。

ダイカは、おお、と笑《わら》って、

「ミッチーの妹《いもうと》でござるか!?」

ダイカがきくと、ヒクテとヒトヨは、ぐっ、と口《くち》をつぐむ。

「うむむ……」「うぅぅ」

「ちがうろ?」

ヒクテが、カッ、とこちらをにらむ。

「そんなの、お兄《にい》ちゃんじゃないもん!」「ちがうもん、ちがうもん、ちがうもんっ!」

ヒトヨまで、口《くち》をそろえた。

あたしとダイカは、思《おも》わず、顔《かお》を見合《みあ》わせる。

「と、これほど言《い》うということは」

「妹《いもうと》なんらろね」

「ちがうもんちがうもん」「ちがうもーん!」

2人《ふたり》がわめけばわめくほど、よーくわかる。2人《ふたり》は、ミッチーの妹《いもうと》なんだ。

そのパッチリした目《め》、ミッチーにそっくりだし。

「おいくつかな？」

2人《ふたり》はすぐに、手《て》を大《おお》きく広《ひろ》げて、

「5つなの」「5つらお」

大《おお》きな声《こえ》ではっきり答《こた》える。いいお返事《へんじ》。

「ヒトヨちゃんは、前歯《まえば》がないのでござるなあ」

「大人《おとな》の歯《は》に、生《は》えかわるお！」

「そうでござるか。いや、めでたい、めでたい」

「ダイカ……、親《しん》せきのおじさんじゃないんだから」

自分《じぶん》がぐるぐる巻《ま》きになってるの、わかってる？

「ミッチーの妹《いもうと》であれば、悪《わる》い子《こ》のわけがござらぬ」

「そりゃ、まあ」

あたしだって、そう思《おも》いたいけど――。

あたしたち3人《にん》を、ぐるぐる巻《ま》きにしたんだよ？

「あっ、あたし――ふつうにしゃべれてる」

「犬山忍者園特製《いぬやまにんじゃえんとくせい》、ちょっとシビレ薬《ぐすり》なのだ」「ちょっとで切《き》れる薬《くすり》なのら」

薬《くすり》!? あの、冷《ひ》やっとしてピタッとはり付《つ》いた、あれが!?

「秘密《ひみつ》の薬《くすり》なのだ」「おうちで作《つく》るのら」「習《なら》ったことは、ちゃんとできるのだ」「優秀《ゆうしゅう》なのら」

2人《ふたり》はものすごく得意《とくい》になってる。

もう、悪《わる》い子確定《こかくてい》でいいんじゃないの?

「で? 何《なに》しに来《き》たの?」

きくと、2人《ふたり》はサッ、と姿勢《しせい》を正《ただ》す。

ヒクテが、まっすぐに指《ゆび》をさす。

その先《さき》は、ミッチー(まだ寝《ね》てる)!

「抜《ぬ》け忍《にん》と、抜《ぬ》け忍《にん》をかくまった者《もの》、必《かなら》ず狩《か》られ消《き》えゆくべし。これ忍《しの》びの掟《おきて》なり!」

……なんか、暗記《あんき》してきた文章《ぶんしょう》っぽい。棒読《ぼうよ》みです。

「ぬけにんと、ぬけにんをかぅまったあ、かなぁずかられきえゆぅべ? これおきて」

ヒトヨも、同《おな》じことを言《い》いたいみたいだけど、ほとんど言《い》えてない。

「――へ。ぬけ……にん?」

「忍者《にんじゃ》をやめようとする者《もの》のことでござる」

ダイカが教《おし》えてくれる。

そう言《い》われれば、時代劇《じだいげき》で聞《き》いたことがあるかも。

ミッチーが、その「ぬけにん」ってこと？

「抜《ぬ》け忍《にん》と、それをかばった者《もの》は、つかまえてやっつける決《き》まりになっている、ということでござるな」

「それって、グループから抜《ぬ》けようとする人《ひと》を、みんなでいじめる、みたいな……」

「さよう」

びっくり。

「超《ちょう》ジメジメしてる！　忍者社会《にんじゃしゃかい》、こわ！」

あたし、忍者《にんじゃ》じゃなくてよかった！

「ミッチーが忍者《にんじゃ》をやめるから、って、いじめに来《く》るの!?　なんで!?　そんなの自由《じゆう》でしょ。部《ぶ》活《かつ》だって、職業《しょくぎょう》だって、選《えら》ぶのは自由《じゆう》なんだから」

「わかんない」「うん、わぁんないお」

「わかんないなら、どうしてお兄《にい》ちゃんに、こんな――」

あたしは、あごで、倒《たお》れてるミッチーを指《さ》し示《しめ》す。

「──ひどいことするの？」

「だって、お姉《ねえ》ちゃんが」「大《おお》きいお姉《ねえ》たんが」

モゴモゴ言《い》ってる。

「お姉《ねえ》ちゃんが、何《なに》か言《い》ったでござるか？」

ダイカがやさしくきくと、

「……『抜《ぬ》け忍狩《にんが》り』に行《い》ったら、ケノくん、いるって……」「いゆって」

2人《ふたり》は、やっと答《こた》えた。

「ケノ目当《めあ》て!?」

そんなこと、子《こ》どもに言《い》って、抜《ぬ》け忍狩《にんが》りをさせるだなんて──。

忍者社会《にんじゃしゃかい》、ホント、おそるべし！

「でも、いないし」「うん、ケノくん、いないお」

2人《ふたり》は、プーッとふくれる。

「もういい」「もおいい」

ヒクテとヒトヨは、すっくと立《た》ち上《あ》がる。

「ちょっ。ちょっと待《ま》って」

いやな予感《よかん》。

「抜《ぬ》け忍《にん》・犬山《いぬやま》ドウセツ、そして、抜《ぬ》け忍《にん》をかくまった里見《さとみ》サトミをほろぼすためぇ――」

ほ、ほろぼす？

ミッチーと――あたしを？

ケノがいないからって、そんなの、むちゃくちゃだよ！

「犬山忍法《いぬやまにんぽう》・火《ひ》の玉《たま》ハート、乙女《おとめ》の心《こころ》で焼《や》きつくせッ、の術《じゅつ》！」「焼《や》きつくせぇの、じゅちゅ！」

2人《ふたり》が手《て》を合《あ》わせ、ハート形《がた》を作《つく》る。

とたんに、シュボッ、と火《ひ》が出《で》た。

ハート形《がた》！

ヒクテとヒトヨの間《あいだ》に、火《ひ》の玉《たま》ハ

ートが、ゆっくりと浮《う》き上《あ》がる。

「焼《や》きつくしちゃ、だめ！」

さけんでも、むだ。

あたしの両手《りょうて》も、ダイカもミッチーも、しばられてるんだから。

どうしよう？

家《いえ》が燃《も》えちゃう！　それに、あたしたちも!?

火《ひ》の玉《たま》ハートの動《うご》きが、音《おと》もなく止《と》まった、そのとき——！


シュバババッ、シャッ。


「あっ！」

火《ひ》の玉《たま》がはじけて、火《ひ》が消《き》える。

カラッカラカラ！

すごいいきおいで、花《はな》みたいな形《かたち》の、鉄《てつ》のかたまりが、部屋《へや》のすみに転《ころ》がる。

手裏剣《しゅりけん》だ！

「ミッチー!?」

ガタアン！

大《おお》きな音《おと》がして、見上《みあ》げたら、はじっこの天井板《てんじょういた》が外《はず》れてる。

ドタァアアアン！

「ひゃっ!!」

すぐ目《め》の前《まえ》で、ヒクテとヒトヨが、畳《たたみ》にたおれてる。

その上《うえ》には、ミッチー。

両手《りょうて》で2人《ふたり》を、タックルして倒《たお》したんだ。

あたしには、燃《も》えかすと手裏剣《しゅりけん》と天井板《てんじょういた》のほかは、何《なに》も見《み》えなかった。

目《め》にもとまらぬ早業《はやわざ》、って、このことだよ！

「なっ、なんで？　寝《ね》てたのに」「たのに」

ヒクテとヒトヨが、わめく。

見《み》ると、ミッチーがいたところには――ゴロンッ。

なわでぐるぐる巻《ま》きになった、座布団《ざぶとん》が。

「犬山忍法《いぬやまにんぽう》・映《うつ》し身《み》の術《じゅつ》！」

さ、さすがミッチー、元忍者《もとにんじゃ》。見事《みごと》な忍術《にんじゅつ》だ――よ――？

それなのに――。

五■犬坂忍法《いぬさかにんぽう》・ぼくの新《あたら》しい歌《うた》、聞《き》いてくれた？　の巻《まき》

「はあー!?」

双子《ふたご》は思《おも》いっきり、迷惑《めいわく》そうな顔《かお》。

「お兄《にい》ちゃんが、忍術使《にんじゅつつか》えるなんて、聞《き》いてなーい」「聞《き》いてないおー」

ミッチーの腕《うで》の下《した》で、手足《てあし》をバタバタ。

え、そこ？

なにそれ逆《ぎゃく》ギレ!?

まんまとだまされたくせに、そんなこと言《い》うなんて。ミッチーに失礼《しつれい》すぎ！

「ミッチーだって、忍術《にんじゅつ》くらい使《つか》えますよっ」

なぜかあたしが、ムキになって言《い》い返《かえ》しちゃう。

忍術《にんじゅつ》のことなんて、なんにも知《し》らないのにね。

「いいよ、サトミ」

「よくないよ」

「ふん……」

5歳《さい》の子《こ》どもに、鼻《はな》で笑《わら》われましたよ。

ブンゴやゲンパチに、鼻《はな》で笑《わら》われるのにはもうなれたけど、これはかなりショックですよ！

そのとき。

「あっ！」

ぐるぐる巻《ま》きの座布団《ざぶとん》が2つ、ゴロンッ。ミッチーの腕《うで》の下《した》に、転《ころ》がった。

「あの2人《ふたり》は!?」

顔《かお》を上《あ》げたら、目《め》の前《まえ》に、ヒクテとヒトヨが。

仁王立《におうだ》ちです！

「ヘッヘーン、映《うつ》し身《み》の術《じゅつ》、やったーあ」「仕返《しかえ》し、仕返《しかえ》し〜〜」

な、生意気《なまいき》！

「これは見事《みごと》。ミッチーと同《おな》じ術《じゅつ》を、5歳《さい》の身《み》で、見事《みごと》に使《つか》ってみせたのでござるのう、サトミどの」

ダイカは、夢中《むちゅう》になってる。

「のう、って言《い》われても」

なんかよくわかんないけど、ハイレベルな戦《たたか》いなのかも？

ヒクテとヒトヨは、胸《むね》をはる。

「お兄《にい》ちゃんにだけは、負《ま》けない」「負《ま》けないお」

「忍者園《にんじゃえん》、卒業《そつぎょう》できなかったでしょ」「ヒクテとヒトヨは、卒業《そつぎょう》したお！」

「忍者園《にんじゃえん》？」

と、ミッチーを見《み》たら、

「ぐっ……」

わっ、ミッチー、へこんでる。

なんか、ミッチーの心《こころ》の傷《きず》を、えぐっちゃったみたいだよ!?

卒業《そつぎょう》できなかった、って、試験《しけん》の点《てん》が悪《わる》かったとか、そういうこと？

「あのねえっ、いくら自分《じぶん》のお兄《にい》ちゃんにだって、言《い》っていいことと、悪《わる》いことがあると思《おも》う。今《いま》、試験前《しけんまえ》だし。デリケートな時期《じき》なんだからね？」

あたしは、もう、怒《おこ》った。

そのとき、玄関《げんかん》のドアが開《ひら》く音《おと》。

「おっはよー、ただいまー、かもっ」

「ただ今《いま》もどりましたあ」

ケノとシノだあ！

そう気付《きづ》いた瞬間《しゅんかん》、

「こっち来《き》て、和室《わしつ》！　早《はや》く！」

あたしは、声《こえ》を張《は》り上《あ》げてた。

「サトミさま!?」「何《なに》かあった……かも！」

ドタドタドタドタッ。

シノとケノが走《はし》ってくる、足音《あしおと》が聞《き》こえる。

ヒクテとヒトヨが、引《ひ》き戸《ど》の前《まえ》で身構《みがま》える。

その後《うし》ろに、ミッチーが走《はし》り寄《よ》る。

スパアン！

引《ひ》き戸《ど》が開《ひら》いた！

「えぃやっ——」

ヒクテとヒトヨは、いつのまにか、手《て》に何《なに》か持《も》ってる。

小《ちい》さな——鎌《かま》!?

「オオッ、あれは忍者《にんじゃ》の伝統的《でんとうてき》な武器《ぶき》、くさり鎌《がま》でござるな。忍者《にんじゃ》は古来《こらい》、農民《のうみん》でもあったことが多《おお》く、農作業《のうさぎょう》の道具《どうぐ》を武器《ぶき》として用《もち》いたのでござるな、サトミどの」

「そ、そう!?」

いちいち、あたしに確認《かくにん》されても、困《こま》るって。

2人《ふたり》はその「くさり鎌《がま》」をふり上《あ》げて、シノとケノに、おそいかかろうとしてるんだから!

「うわっ!?」

「キャアアアッ!」

シノとケノが、悲鳴《ひめい》を上《あ》げる。

あたしは思《おも》わず、目《め》を閉《と》じる。

流血《りゅうけつ》の大惨事《だいさんじ》……!?

…………。

そうっと、目《め》を開《あ》ける。

ヒクテとヒトヨは、鎌《かま》をふり上《あ》げたまま、止《と》まってる。

「こらっ」

ミッチーが鎌《かま》を2つとも、取《と》り上《あ》げた。

それでも、ヒクテとヒトヨは、こおりついたまま。

「いいかげんにしろよ」

ミッチーが、2人《ふたり》を後《うし》ろからつかまえようと、両手《りょうて》をあげた、そのとき。

スカッ。

「うわぁあああああん。お兄《にい》ちゃんがいじめたぁあああ」「うあああぁぁああああ」

いきなり泣《な》いた!?

2人《ふたり》は前《まえ》に飛《と》び出《だ》して、

「うわあっ……どうしたの」

「お兄《にい》ちゃんが。お兄《にい》ちゃんがぁ」

ケノに抱《だ》きついてる。

「泣《な》かないで。ちっちゃいね……いくつかな?」

ケノがなだめると、

「グスン」「グスン」

ヒクテとヒトヨは、静《しず》かになって、片手《かたて》を広《ひろ》げて持《も》ち上《あ》げる。

5歳《さい》だ、って言《い》いたいんでしょ。はいはい。

「かわいいかも……だれがいじめた？　サトミちゃん？」

ケノ。お兄《にい》ちゃんが、って言《い》ってたの、ちゃんと聞《き》いてた？

「サトミさま、こんなちっちゃい子《こ》をいじめるなんて！　ダメですよ」

シノ……あたしはむしろ、この子《こ》たちに、いじめられてたところなんですけど。

「この子《こ》たち、ケノのファンなんだって」

さっきヒトヨが言《い》っていたことを、ケノに教《おし》えてあげる。

「えっ、ホントに？　うわー、すごくうれしいかも……」

「でも、それがね――」

2人《ふたり》は抜《ぬ》け忍狩《にんが》りに来《き》たんだ、ってことが、さっき、わかった。

ミッチーとあたしを、ほろぼしに来《き》たんだって。

だから、ケノのことも、もしかしたら、あたしたちをだまそうとして――。

「握手《あくしゅ》……してくださいっ」「してくだちゃいっ」

あれ。

ヒクテもヒトヨも、手《て》を差《さ》し出《だ》して、小《ちい》さな声《こえ》で、もじもじしてる。

「はいっ」

ケノが両手《りょうて》で、２人《ふたり》の手《て》を同時《どうじ》ににぎると、

「きゃぁあああっ」「はぁあうっ」

２人《ふたり》の顔《かお》、まっ赤《か》。

「ぼくの新《あたら》しい歌《うた》、聞《き》いてくれた？」

「はぁあああいっ」

うわっ、２人《ふたり》、歌《うた》いだした。

「モ・フ・モ・フ・おひるねぇえええ～、い・い・か・ん・じ」

って、おどり出《だ》す。

さすがは忍者《にんじゃ》。プロのダンサーみたいに、キレッキレの動《うご》き。

「すごい！　振《ふ》り付《つ》けまで、おぼえてくれたん

だね……」

ケノも前《まえ》に出《で》て、２人《ふたり》といっしょにおどる。

バッチリ、決《き》まってる……。

２人《ふたり》、キャッキャ笑《わら》って喜《よろこ》んでます。

あんたたち、本当《ほんとう》に、忍者《にんじゃ》!?

ミッチーとあたしを、やっつけるんじゃなかったの!?

「本当《ほんとう》に……ケノのファンなんだ……!?」

ヒクテとヒトヨは、ミッチーの前《まえ》にやってきて、

「お兄《にい》ちゃん、ケノくんと、お友達《ともだち》……？」「おともらち……？」

キラキラした目《め》で見上《みあ》げる。

「え？　あ、ああ、そりゃあ――おめえ」

ミッチーが胸《むね》をはったところで、

「お友達《ともだち》かも！　ぼく、ミッチーのこと、だぁあい好《す》き……かもっ」

ケノが、背中《せなか》から、ミッチーに抱《だ》きついて見《み》せる。

「キャァアアアアア」

5歳児《さいじ》たち、喜《よろこ》んでます！

「お兄《にい》ちゃんと、ケノくん、お友達《ともだち》……すごい……かも……」「かも……」

ミッチーのポイントが、ケノのおかげで、赤《あか》マル急上昇《きゅうじょうしょう》！

「な、なんだよ……急《きゅう》に」

ミッチーは、どう見《み》てもオロオロしてる。

グゥウゥウ。キュユウゥウ。

「ん？」

なんの音《おと》？

見《み》ると、2人《ふたり》が、赤《あか》くなってお腹《なか》を押《お》さえてた。

「……腹減《はらへ》ったのか」

ミッチーがきくと、

「あ、朝《あさ》から、バナナしか食《た》べてないんだからっ」「足《た》りないんらからっ」

「ホントは、お腹《なか》の音《おと》なんか、おさえられるんだから」「習《なら》ったんらから」

「お兄《にい》ちゃんとは」「ちがうんらからぇっ！」

ヒクテとヒトヨは、必死《ひっし》になってる。

「いーよ、腹《はら》くらい鳴《な》らせよ。変《へん》なやつら。へっ」

ミッチーが、呆《あき》れて笑《わら》った。

ヒクテとヒトヨ、そしてミッチー――。

なんか、本気《ほんき》で仲《なか》が悪《わる》いようには、見《み》えないかも。

妹《いもうと》が兄《あに》を「狩《か》り」に来《き》たんだ、なんて、信《しん》じられないなあ……。

あたしの中《なか》で、怒《いか》りが、シュウウウウッ、としぼんでいく。

「お昼《ひる》にしましょう！」

シノが、キッチンへとかけ出《だ》した。

六 ■ 犬山忍法《いぬやまにんぽう》・色《いろ》じかけの術《じゅつ》!? の巻《まき》

今日《きょう》のお昼《ひる》は、カレーライスだぁあ〜〜〜〜!

「この土日《どにち》は、試験勉強《しけんべんきょう》で忙《いそが》しい人《ひと》が多《おお》いですからね。あらかじめ、たくさん作《つく》っておきました」

エッヘン、と、シノが胸《むね》をはる。

「準備《じゅんび》よすぎー!」

お皿《さら》にご飯《はん》を盛《も》りながら、あたしは幸《しあわ》せ気分《きぶん》。

「当番《とうばん》の人《ひと》が、とてもがんばってくれましたよ!」

そう言《い》われれば、おとついくらいに、ブンゴが音楽《おんがく》聞《き》きながら、ひたすらジャガイモの皮《かわ》をむいていたっけ。

「タマネギ、1時間《じかん》くらい炒《いた》めて、筋肉《きんにく》ついちゃった……かも……」

「お米《こめ》を研《と》ぐのが、だいぶ上手《じょうず》になったでござるよ……」

ありがとう、ブンゴ……そしてケノ、ダイカ！

そのブンゴとゲンパチは、まだ部屋《へや》で寝《ね》ているし、ソウスケは家《いえ》にいない。

シンベーは、ユーカリの枝《えだ》で、マイペースにお食事中《しょくじちゅう》。

シノ、ケノ、ダイカ、ミッチー、そしてあたし、そして、忍者《にんじゃ》のお客様《きゃくさま》が2人《ふたり》。

この7人《にん》が、今日《きょう》の昼食《ちゅうしょく》メンバーです。

ダイニングテーブルの、窓《まど》に向《む》かって右側《みぎがわ》に、ヒクテとヒトヨ。

窓《まど》に向《む》かって左側《ひだりがわ》の、ヒクテとヒトヨの前《まえ》には、シノとケノ。

窓《まど》の前《まえ》には、ダイカ。

ダイニングテーブルには、あと1人《ひとり》しかつけないけど、

「サトミすわれ。オレ、立《た》って食《く》う」

ミッチーがあたしに、その席《せき》をゆずろうとする。

「何《なに》それ！　ダメだよ、そんなの」

「いいんだ、いいんだ、ほらっ、食《く》おう」

ミッチーから、お冷《ひ》やのコップを渡《わた》されて、しぶしぶ席《せき》につく。

「さあっ、いっただっきま〜〜〜〜——」

「……これ、なに？」「なに、こぇ？」

見《み》ると、ヒクテとヒトヨが、じーっとお皿《さら》を見《み》つめてる。

「すごいにおい」「ドロドロ」

眉《まゆ》をひそめて、ちっともうれしそうじゃない。

「……………………………………」

し〜〜〜〜ん。その場《ば》の全員《ぜんいん》、困《こま》る。

「うわあっ、ちがうちがう」

その間《あいだ》に割《わ》り込《こ》んだのは、ミッチー。

「このカレーが悪《わる》いんじゃねえ。知《し》らねえんだよ、カレーなんて」

えっ。

「……ホント!?」

「食《た》べたこと、ありませんか？」

「一度《いちど》も……？」

「インドでも？」

あたしも、シノも、ケノも、かなりおどろいた。

だけど2人《ふたり》は、インドには行《い》ったことないと思《おも》うよ、ダイカ。

ヒクテとヒトヨは、こくっ、とうなずく。

「山《やま》で、採《と》れないから」「カレー、採《と》れないお」

「犬山家《いぬやまけ》じゃ、だれでも3歳《さい》になると、山《やま》の忍者園《にんじゃえん》に入《い》れられるんだ。うちの父《とう》ちゃんが園長《えんちょう》で、母《かあ》ちゃんが教頭《きょうとう》なんだけどさ」

ミッチーが説明《せつめい》する。

「6歳《さい》までは山奥《やまおく》に入《はい》ったっきりだから、他《ほか》の世界《せかい》のことは、よくわかんなくなっちまう」

「へえー……！」

みんな、びっくり。忍者《にんじゃ》の子《こ》ども時代《じだい》って、きびしいんだ。

「カレー、いいにおいだろ？　父《とう》ちゃんのイノシシ鍋《なべ》に、ちょっと似《に》てねえか？」

ミッチーが言《い》うと、ヒクテとヒトヨは、また、こくっ。

忍者園《にんじゃえん》には、カレーはないけど、イノシシ鍋《なべ》はあるのかあ。

「カレー、テレビで見《み》たこと、あるだろ？」

ミッチーが、2人《ふたり》の顔《かお》をのぞきこむ。

「……」

ヒクテとヒトヨは、ちょっと顔《かお》を見合《みあ》わせる。

そして、コクッ、とうなずいた。

「ヒデコ、感激《かんげき》……」「こくウマっ……」

「そう、そう、そのCMだよ！　あれがカレーだ！　うめえぞ～」

「テレビは、見《み》たことあるんだ……」

カレーを知《し》らないのに、CMを知《し》ってるって、なんだかふしぎ。

「うん、忍者園《にんじゃえん》でも、なんとか映《うつ》るからな。あそこじゃ、いちばんの楽《たの》しみだよな」

ミッチーが言《い》うと、ヒクテとヒトヨは、コクコク、うなずく。

「ケノくん、見《み》た」「ケノきゅん……」

そっか、それでケノのファンになったんだ。

ケノは、やさしく笑《わら》って、

「カレー、食《た》べて」

2人《ふたり》をじっと見《み》る。

ヒクテとヒトヨは、とたんに、もじもじ。

そして、スプーンを持《も》ち上《あ》げ……。

パクッ。

「……！」

「どう？」

「お味《あじ》のほうは」

ケノとシノは、真正面《ましょうめん》から、その様子《ようす》を見《み》つめてる。

「……辛《から》い」「熱《あつ》い」

「それから？」

それだけ？

「クフッ」「フフッ」「キャハハハ！」

ヒクテとヒトヨは、晴《は》れ晴《ば》れ、笑《わら》い出《だ》す。

「……おいしいっ!!」「おいひーっ!!」

そのときの、シノのうれしそうな顔《かお》といったら——。

みんなも、わっと笑《わら》う。

「ボクのカレーをこばむ子《こ》どもなんて、世《よ》の中《なか》にはいないんですよお！」

それは言《い》い過《す》ぎじゃないかな、シノ。

でも、まあ、いいや。おいしいのは、本当《ほんとう》だもん。

「よかったなあ。よかったなあ」

ミッチーは、自分《じぶん》のお皿《さら》を持《も》って、2人《ふたり》の後《うし》ろをウロウロ、ウロウロ。

「お兄《にい》ちゃん、おぎょうぎ悪《わる》い」「すわりなしゃい」

ヒクテとヒトヨが注意《ちゅうい》して、みんな、また笑《わら》った。

「今《いま》、5つでしょ。あと1年《ねん》、山《やま》で暮《く》らすの……？」

ケノがきくと、ヒクテとヒトヨは、ブンブン、首《くび》を横《よこ》にふる。

「卒業《そつぎょう》したの」「早《はや》かったお」

「飛《と》び級《きゅう》なの」「エリートだお」

「だから、抜《ぬ》け忍狩《にんが》りに来《き》たの！」「初《はじ》めてのお仕事《しごと》だお！」

食《た》べては、しゃべり、しゃべっては、スプーンをお皿《さら》につっこむ。

夢中《むちゅう》の2人《ふたり》。

「……そっかあ。初《はじ》めての任務《にんむ》が、ミッチーとあたしをやっつけること、か……」

おかわりのカレーをよそいながら、あたしは、複雑《ふくざつ》な気分《きぶん》。

こうやって話《はな》していれば、とってもかわいい、2人《ふたり》の女《おんな》の子《こ》。

でも、本当《ほんとう》は、抜《ぬ》け忍《にん》狩《が》りの任務《にんむ》を負《お》ってる。

こんなに油断《ゆだん》しちゃって、本当《ほんとう》にいいのかなあ。

そのとき、

「腹《はら》へったぁ～。いい匂《にお》いすんじゃねえか」

「カレーか。まだあれば、ありがたいが？」

ブンゴとゲンパチが、いっしょにリビングに入《はい》ってきた。

髪《かみ》のハネ具合《ぐあい》からいって、ずっと寝《ね》てたな。まだ顔《かお》も洗《あら》ってなさそう。

「なっ――まだいたのか!?」

こっちを見《み》て、ゲンパチはびっくり。

とたんに、ヒクテとヒトヨが立《た》ち上《あ》がる。

ササッ、と食卓《しょくたく》の横《よこ》にひざをつくと、

「さっきは」「ごめんなしゃぁああい！」

2人《ふたり》そろって、ブンゴとゲンパチに、深々《ふかぶか》と頭《あたま》を下《さ》げる。

みんな、びっくり。

「なんなの……急《きゅう》に」

さっきの、大《おお》きな態度《たいど》は、どこに行《い》っちゃったの？

「色《いろ》じかけしたの……」「坊《ぼっ》ちゃん、守《まも》るためらったの」

「色《いろ》じかけ!?」

さらに、みんなびっくり。

「……なんの話《はなし》だ。早朝《そうちょう》、ぼくはこの2人《ふたり》と会《あ》ったんだが——」

ゲンパチは、みんなに話《はな》し出《だ》す。

◆　◇　◆

ミッチーのたっての頼《たの》みで、ぼくは早朝《そうちょう》まで、勉強《べんきょう》の指導《しどう》を続《つづ》けていた。

朝《あさ》5時頃《じごろ》のこと。

ピンポーン……。

玄関《げんかん》チャイムが鳴《な》った。

だれか来《く》るには、早《はや》すぎる時間《じかん》だ。妙《みょう》だとは思《おも》ったが——。

玄関《げんかん》ドアののぞき穴《あな》から見《み》ると、外《そと》には、小《ちい》さな女《おんな》の子《こ》が1人《ひとり》。

「……どうした。迷子《まいご》か？」

ドアを開《あ》けると、女《おんな》の子《こ》は、新聞《しんぶん》を差《さ》し出《だ》した。

「新聞受《しんぶんう》け、こわれてるお」

「ああ……ありがとう」

新聞受《しんぶんう》けは、こわれているようには見《み》えないが、子《こ》どもの言《い》うことだから、何《なに》かのまちがいかもしれない。ぼくは新聞《しんぶん》を受《う》け取《と》った。

しかしなぜ、こんな早朝《そうちょう》に子《こ》どもが？　この子《こ》は新聞配達人《しんぶんはいたつにん》なのか？

そのとたん、

「ふぇえええええ。お腹空《なかす》いらあ」

子《こ》どもが泣《な》き出《だ》した。

「……ここで待《ま》っていろ」

ぼくはキッチンに行《い》き、バナナを取《と》ってきた。同情心《どうじょうしん》からだ。今思《いまおも》えばおろかだった。

すると、玄関《げんかん》にはすでに、だれもいない。

「こっちだよ」「こっちらお」

声《こえ》がするほうは――2階《かい》へ上《のぼ》る階段《かいだん》だった。

2階《かい》へ上《あ》がると、ドアの1つが、開《ひら》いてる。

それは、なんのことはない、ぼくとブンゴの部屋《へや》だった……。

部屋《へや》に入《はい》ると、子《こ》どもは2人《ふたり》に、増《ふ》えていた。

◆　◇　◆

2人《ふたり》に増《ふ》えてた、って！

そ、その状況《じょうきょう》で、冷静《れいせい》でいられるのは、ゲンパチくらいだよ。

「でよお、オレが目《め》ぇ覚《さ》ましたら、ベッドの上《うえ》にガキがいるわけ。何《なに》かと思《おも》ったぜ」

こんどは、ブンゴが話《はな》し出《だ》す。

◆　◇　◆

「なんで金髪《きんぱつ》ぅ？」「きんぱちゅー」

オレの髪《かみ》の毛《け》、2人《ふたり》で引《ひ》っぱってるんだよ。ひとがせっかく寝《ね》てるのに。

この色《いろ》はブラウンベージュっつうの、まったく。

「兄貴《あにき》……子《こ》どもできたのか……？」

「できるか。新聞《しんぶん》配達だ」

こんなガキが、新聞配達《しんぶんはいたつ》なんかするかよ。兄貴《あにき》、どうかしてる。

「ミッチーどうした……？」

「和室《わしつ》で寝《ね》ている。力《ちから》つきたようだ」

そりゃ、そうだよな。もう朝《あさ》だろ。

「おまえら、どこの子《こ》だ。おうち、帰《かえ》れ」

「うぁあぁあ、金髪《きんぱつ》のお兄《にい》たん、こわいよー」

スカートのガキが、兄貴《あにき》にすがりつく。

「うわぁあああ、メガネこわい」

続《つづ》いて、短《たん》パンのガキが、泣《な》き出《だ》す。

「……メガネ取《と》るよ」

兄貴《あにき》は、メガネを取《と》って机《つくえ》に置《お》いた。

「髪《かみ》の毛《け》は取《と》れねーぞ」

オレのほうは、ぼうしを出《だ》してきて、かぶってやる。

「何《なに》やってんだ、オレ、こんな夜明《よあ》けに」

ハワワワワ。あくびが止《と》まらないっつーの。

「これ読《よ》んで、金髪《きんぱつ》」

短《たん》パンが、勝手《かって》に本《ほん》を出《だ》してくる。

おめ、ついさっき泣《な》いてなかったか？

「それ、去年《きょねん》の教科書《きょうかしょ》だぞ。まあいいけどな」

読《よ》めば泣《な》かないっていうなら、読《よ》んでやるよ。

「あー『メロスは激怒《げきど》した』」

「げきど、ってなに？」

「すげえ怒《おこ》ったんだろ」

「なんで？」

「この後《あと》に、それが書《か》いてあるんだよ、えんえんと」

「……中《ちゅう》2の勉強《べんきょう》なら、ミッチーも連《つ》れてくるか」

兄貴《あにき》が立《た》ち上《あ》がると、

「金髪《きんぱつ》こわいー！　メガネ、行《い》っちゃやらー！」

スカートのガキが、メガネ——いや、兄貴《あにき》に、しがみついて放《はな》さねえ。

「ぼうしかぶってやっただろ、おう！」

スカートのガキ、泣《な》く。

ああ、ああ、怒鳴《どな》っちゃダメだ。わかってんだけどよー。

「では、ぼくが読《よ》む。おまえは質問《しつもん》に答《こた》えろ」

兄貴《あにき》がオレから、教科書《きょうかしょ》をぶんどった。

「ええ、『必《かなら》ず、かの邪智暴虐《じゃちぼうぎゃく》』——う？」

兄貴《あにき》のひざに、スカートのガキが、勝手《かって》に上《のぼ》ってる。

「……っ」

兄貴《あにき》はそれを、なんとか無視《むし》して、目《め》を教科《きょうか》書《しょ》に近《ちか》づける。

近眼《きんがん》だから、メガネがないと大変《たいへん》なんだ。

「——『必《かなら》ず、かの邪智暴虐《じゃちぼうぎゃく》の王《おう》を除《のぞ》かなければならぬと決意《けつい》した』」

「じゃちぼうぎゃく、ってなに？」

短《たん》パンがきいてきやがる。

「へへっ、そこきかれると思《おも》った。邪智暴虐《じゃちぼうぎゃく》ってのは、悪《わる》がしこくてひどいやつ、ってことよ。

ま、オレみたいな？　な～んて――」

「『メロスには政治《せいじ》がわからぬ』」

「バカなの？」

ムカ。

教《おし》えてやったのに、それはねえだろ！」

「もうそこの話《はなし》じゃないのお」

短《たん》パン、泣《な》き出《だ》す。泣《な》いたり質問《しつもん》したり、どうなってんだよ！

「ブンゴ、うるさいぞ。『メロスは、村《むら》の牧人《ぼくじん》である』」

「……なんかいいにおいしねえ？」

「『笛《ふえ》を吹《ふ》き、羊《ひつじ》と遊《あそ》んで――けれども邪悪《じゃあく》に対《たい》しては――』――ブンゴ」

「なんでオレが、兄貴《あにき》におこられてん――の――」

うつら、うつら。

ハッ……！

気《き》がついたときには、２人《ふたり》とも、自分《じぶん》のベッドでぐっすり、眠《ねむ》りこけてたってわけ。

◆　◇　◆

ゲンパチとブンゴが、こんなに寝坊《ねぼう》したわけが、やっとわかった。

あたしたちも、今朝《けさ》から起《お》こったことを、ブンゴとゲンパチに説明《せつめい》する。

「ぼくはだまされていた……」

ゲンパチは、ショックを受《う》けてる。

「抜《ぬ》け忍狩《にんが》りに、まきこまれたら、ダメだから」「坊《ぼっ》ちゃん、お部屋《へや》にいないとダメらから」

山下家《やましたけ》の2人《ふたり》は被害《ひがい》にあわせないように、部屋《へや》で寝《ね》ていてもらった、ってわけなんだ。

「さすがは、山下家《やましたけ》に仕《つか》える忍者一族《にんじゃいちぞく》でござるな」

ダイカが感心《かんしん》すると、

「これぞ、犬山忍法《いぬやまにんぽう》・色《いろ》じかけの術《じゅつ》、なのだ」「色《いろ》じかけなのらっ」

ヒクテとヒトヨは、胸《むね》をはる。

「そういうの、色《いろ》じかけ、っていう？」

そこは、あたし、納得《なっとく》いかない。

もうちょっと、お色気《いろけ》とかがあるから、色《いろ》じかけっていうんだと思《おも》ってた。

「人《ひと》の心《こころ》を、ギューッと、つかむの」「そぇから、あやつるの！」

ヒクテとヒトヨは、得意《とくい》そうに説明《せつめい》する。

「あのねえ。そういうの、『恩《おん》をタダで返《かえ》す』っていうんじゃないの？」

「『恩《おん》を仇《あだ》で返《かえ》す』ですね、サトミさま」

「……」

たぶんそうです、シノさん。

「……ケノくん……お兄《にい》ちゃん……あいつ……そいつ……コアラ……」

ヒクテは、指《ゆび》を折《お》り曲《ま》げながら、何《なに》かを数《かぞ》えてる。

「……」

あたしのことを、じっと見上《みあ》げると、

「すごい家来《けらい》、いっぱい。……どんな術《じゅつ》、使《つか》った？」

ヒソヒソ、ささやいた。

「な、何言《なにい》ってるの？」

「……すごい色《いろ》じかけ……？」

「なっ、なんにもしてませんっ！」

うちにいる男子《だんし》たちは、みんな、ワンコの呪《のろ》いをとこうとして、いい仲間《なかま》になったんだから。

術《じゅつ》とか、しかけとか、ええと、色《いろ》じかけとか!?

そんなの、あたしにはなんにもないよーっ！

「その秘密《ひみつ》……あばいてやる」

はぁあああ!?

子《こ》ども忍者《にんじゃ》の感覚《かんかく》、ズレすぎてます。

七■里見《さとみ》忍法《にんぽう》・勉強《べんきょう》どころじゃないの術《じゅつ》、失敗《しっぱい》！　の巻《まき》

昼《ひる》ごはんの片付《かたづ》けをしたあとも、シノは、２人《ふたり》のお客様《きゃくさま》のことばかり考《かんが》えてる。

「3時《じ》のおやつも、何《なに》か作《つく》りましょう！」

「でも、シノは勉強《べんきょう》しなくていいの？」

人《ひと》のこと心配《しんぱい》してる場合《ばあい》じゃないけど、心配《しんぱい》。

シノは、ドン、と胸《むね》をたたく。

「ヒクテちゃんもヒトヨちゃんも、山《やま》で苦労《くろう》して、帰《かえ》ってきたばっかりなんですよ？　おもてなししないと」

「ぼくも、手伝《てつだ》う……かも！」

「大切《たいせつ》なことでござるよ」

ケノとダイカが、うなずいてます。

うーん、そうかも？

ヒクテとヒトヨは、カレーで、あんなにびっくりしてたんだ。

もっとおもてなししたら、もっとびっくりして、抜《ぬ》け忍狩《にんが》りのことも、忘《わす》れてくれるかもね。

「よーし、試験勉強《しけんべんきょう》なんかより、おもてなしのほうが大事《だいじ》。うん、そのとおりっ」

勉強《べんきょう》なんかしてる場合《ばあい》じゃないんだ、今日《きょう》は。

うん、うん、きっとそうだ。

ピンポーン。

玄関《げんかん》チャイムだ！　と、思《おも》ったら、

「サットミちゃぁあああん、おべんきょ、しぃいいましょお」

声《こえ》を張《は》り上《あ》げながら、ドアを勝手《かって》に開《あ》けたのは、

「カオルン!?」

わすれてたぁあああ。

土曜日《どようび》の午後《ごご》はいっしょに勉強《べんきょう》しようねー、って、約束《やくそく》してたんだった。

「もしかして、忘《わす》れてた？」

カオルンは、リビングに入《はい》ってくる。

「いいいううう、うぅん、うぅん、まさか」

勉強《べんきょう》しなくちゃ……でも勉強《べんきょう》してる場合《ばあい》じゃない……でも勉強《べんきょう》の約束《やくそく》してた……。

グルグル、グルグル。

どうしよ～～～～～！？

勉強《べんきょう》すればいいいんだけど。

かといって、ヒクテとヒトヨを放《ほう》っておくのも、危険《きけん》すぎない？

「しゃあねえな」

ブンゴが立《た》ち上《あ》がる。

空《から》になった食器《しょっき》を、キッチンに片付《かたづ》けながら、

「オレが、ガキどもの面倒見《めんどうみ》とくわ。兄貴《あにき》はそっち、よろしく」

そっち、って、あたしたちのほう。

「ブンゴが！？　子《こ》どもの世話《せわ》！？」

「兄貴《あにき》はおまえらの面倒見《めんどうみ》ないと、おまえらが困《こま》るだろ。オレは勉強《べんきょう》、余裕《よゆう》だし」

グッ……そのとおりです。

「ミーも試験《しけん》がないでござるよ。いっしょに遊《あそ》ぼうではないか、ブンゴどの」

ダイカも、申《もう》し出《で》てくれた。

「おーし、じゃあ、このお兄《にい》さんとオレが、プロレスの相手《あいて》になるから、かかってこいやー」

「カモーン」

ブンゴとダイカが、ファイティングポーズで、ヒクテとヒトヨに向《む》かって手招《てまね》き。

「ちょっと待《ま》ったあ！」

それ絶対《ぜったい》にダメ！

「なんでだよ」

「1　家《いえ》の中《なか》でやったら、いろいろこわれる。
2　ダイカとブンゴがプロレスやったら、家《いえ》がこわれる。
3　ヒクテとヒトヨが本気《ほんき》になったら、ブンゴとダイカの身体《からだ》がこわれる」
「はっはっは、何《なに》もそんな、大《おお》げさな」

「オレらが家《いえ》の中《なか》の物《もの》、こわしたこととか、あったっけ？」

あった、あった、何度《なんど》もあった！

やっぱり、ダイカとブンゴには、まかせておけない。

「残念《ざんねん》だけど、カオルン……やっぱり勉強《べんきょう》してる場合《ばあい》じゃないみたい」

あたしは、カオルンに事情《じじょう》を話《はな》す。

「う～ん、そっかあ」

「あきらめて、あたしたちも遊《あそ》ぶしかないね」

「わかった。ほんとぉに残念《ざんねん》だけど、遊《あそ》ぼっかあ、サトミちゃん」

声《こえ》をそろえて、

「勉強《べんきょう》、やめます！　すっごく苦《くる》しい決断《けつだん》でした……！」

立《た》ち上《あ》がったあたしとカオルンの肩《かた》を、

「残念《ざんねん》なのは、君《きみ》たちの、危機感《ききかん》のなさじゃないのかな」

ゲンパチが、がっちりとつかんだ、そのとき――。

リビングに、さっそうと入《はい》ってきたのは、

「あのさ、みんなで、これやんない？」

ソウスケ！　実家《じっか》から帰《かえ》ってきたんだ。

「占《うらな》いの記事《きじ》を書《か》いたら、雑誌《ざっし》の付録《ふろく》、たくさんもらっちゃったからさ」

ドサッ。

ローテーブルの上《うえ》に置《お》いたのは、色《いろ》とりどりの小《ちい》さな輪《わ》ゴム。

それに、それを編《あ》むための、かぎがついた棒《ぼう》。

「キャーッ、これ知《し》ってる！」

カオルン、大喜《おおよろこ》び。

「ホントだ。学校《がっこう》で持《も》ってる子《こ》、いるよね」

輪《わ》ゴムと棒《ぼう》を持《も》ってるんじゃないよ。

それで作《つく》ったカラフルなブレスレットを、カバンにつけたりしてる。

「……」「……なんら」

ヒクテとヒトヨは、これを見《み》ても、意味《いみ》がわからないみたい。

じーっと、テーブルの上《うえ》を見《み》つめるばかり。

「ほらっ、好《す》きな色《いろ》を選《えら》んでー、輪《わ》ゴムを編《あ》めるのよお」

カオルンが、さっそく手《て》を出《だ》す。

「色《いろ》がかわいいし、いろんな模様《もよう》ができるんだよね。女《おんな》の子《こ》なら、絶対《ぜったい》にグッとく――」

「かわいーっ！　ぼくブレスレット作《つく》るかもー」

「ボク、おはしのバンドを作《つく》ります」

ケノとシノも、グッときてた。うんうん、男《おとこ》の子《こ》だって、いいよね。

2人《ふたり》は、付属《ふぞく》の説明書《せつめいしょ》を開《ひら》いて、ひとつひとつ編《あ》み始《はじ》めた。

ヒクテとヒトヨも、おそるおそる、2人《ふたり》の手元《てもと》をのぞきこむ。

「これなら、だれも命《いのち》を落《お》としたりはしなそう……」

あたしも、ホッとひと安心《あんしん》。

「ソウスケ、ありがとう」

あたしはソウスケに、事情《じじょう》を一《いち》から説明《せつめい》しようとしたんだけど、

「だいたい、わかってる。水晶玉《すいしょうだま》で見《み》た」

ソウスケは手《て》をサッと上《あ》げて、止《と》めた。

「うそつけ、うさんくせえな」

ブンゴ、また余計《よけい》なことを。

「……」

ピシピシピシピシピシピシピシピシピシピシピシピシピシピシピシピシピシ！

次《つぎ》の瞬間《しゅんかん》、2人《ふたり》は、色《いろ》とりどりの輪《わ》ゴムを飛《と》ばし合《あ》ってた。

「ちょっと、子《こ》どもの前《まえ》でケンカは――」

「キャアッ」「忍術《にんじゅつ》、忍術《にんじゅつ》」

ヒクテとヒトヨは、それを見《み》て、かなり喜《よろこ》んでます。

「――ま、いっか……」

そのとき、ゲンパチの声《こえ》がひびいた。

「和室《わしつ》に集合《しゅうごう》！」

ゲンパチ、もう和室《わしつ》のちゃぶ台《だい》で、本《ほん》を広《ひろ》げてるよ。

「やっぱり、勉強《べんきょう》するしかないか――」

「ふうー」

あたしとカオルンは、うなだれて、和室《わしつ》に入《はい》る。

「ミッチー、いっしょに――」

ミッチーを見《み》たら、

「ひゃっ!?」

ピシピシピシピシピシピシピシ！

輪《わ》ゴムが飛《と》んできた。

「なに、サトミ」

ミッチーが、クルッとふり返《かえ》った――と、思《おも》ったら、指《ゆび》に輪《わ》ゴムが！

ミッチーの5本《ほん》の指《ゆび》に、5色《しょく》の輪《わ》ゴムが、色分《いろわ》けされてる。

「おおおおおっ」

出《で》たっ、目《め》にもとまらぬ早業《はやわざ》だあ！

「お兄《にい》ちゃん……」

ヒクテとヒトヨも、目《め》をまん丸《まる》にして、ミッチーを見《み》つめてる。

だれが輪《わ》ゴムを飛《と》ばしたの？

見回《みまわ》すと、ソウスケがあたしにウィンク。

そーか、ソウスケったら、わざとミッチーに……。

「ていっ」「うりゃっ」

バシビシバシビシバシビシバシビシバシビシバシビシバシビシッ。

ヒクテとヒトヨが、輪《わ》ゴムを連発《れんぱつ》。

ソウスケが弾《はじ》いたのより、段違《だんちが》いに速《はや》い！

「タタタタタタッ！」

ミッチーが指《ゆび》に受《う》け止《と》めたのは、半分《はんぶん》くらい。

あとは顔《かお》に、ビシビシ当《あ》たった。

すごい。赤《あか》いあとがついてる。

「いって〜。やったな」

ミッチーも輪《わ》ゴムをひろって、撃《う》ち返《かえ》す。

速《はや》すぎ。

ヒクテとヒトヨは、キャアキャア、大喜《おおよろこ》び。

3人《にん》で撃《う》ち合《あ》ってる輪《わ》ゴムは、あたしたちには、色《いろ》とりどりの光《ひかり》の線《せん》にしか見《み》えない。

「シノっち、おそろいの、作《つく》る……？」

「インカ帝国《ていこく》の配色《はいしょく》で、指輪《ゆびわ》をひとつ願《ねが》おうかな」

「それ何色《なにいろ》なんですか、ダイカ様《さま》」

あ。ほかの男子《だんし》たちも、輪《わ》ゴムを編《あ》み始《はじ》めた。

「里見《さとみ》サトミ、よそ見《み》をするな」

ポンッ。

ゲンパチが、ノートであたしの頭《あたま》をたたく。

「イタッ。なんであたしだけ？　シノは？　ケノは？　遊《あそ》んでるよ」

「昨夜《さくや》見《み》てわかったが、あいつらはもう、かなり出来《でき》てる。君《きみ》たちとはちがう」

「ミッチーは？」

「あいつは……」

ゲンパチも、和室《わしつ》からリビングをながめる。

「お兄《にい》ちゃん、のろのろー」「のろいのろいー」「キャアー！」

「見《み》てろ。すげーのできっから」

ミッチーは、割《わ》り箸《ばし》を出《だ》してきて、輪《わ》ゴムでしばって、何《なに》かを作《つく》り始《はじ》める。

ヒクテとヒトヨは、それをじーっと見《み》つめてる。

3人兄妹《にんきょうだい》、なんだかすごく楽《たの》しそう。

ゲンパチは、あたしとカオルンに向《む》き直《なお》る。

「……今夜《こんや》は、君《きみ》たちだけで手一杯《ていっぱい》だ」

「ふううううぅう」

そのカオルンも、ポーッと、ちゃぶ台《だい》に手《て》をついて、リビングをながめてる。

「ゲンパチ先輩《せんぱい》とぉ、お勉強《べんきょう》したいけどぉっ、ソウスケさんとブンゴ先輩《せんぱい》とぉ、ケノくんとシノくんとダイカ様《さま》とミッチーともぉ、遊《あそ》びたい……カオルン、どおしたらいいのぉお？」

本気《ほんき》で悩《なや》んでた。

あたしは、覚悟《かくご》を決《き》める。

「勉強《べんきょう》しよ」

あーあ。やっぱり、ふだんから勉強《べんきょう》しとけばよかったなあー。

急《きゅう》に呪《のろ》われたり、忍者《にんじゃ》におそわれたり――。

人生《じんせい》、試験直前《しけんちょくぜん》の週末《しゅうまつ》に何《なに》が起《お》こるかなんて、わからないもんね。

八 ■ 里見忍法《さとみにんぽう》・イケメンおじいちゃんの術《じゅつ》！　の巻《まき》

あっという間《ま》に、夜《よる》になっちゃった。

ヒクテとヒトヨ、いい子《こ》にねてるかな？

遊《あそ》び疲《つか》れて、リビングで眠《ねむ》っちゃったから、和室《わしつ》に布団《ふとん》をしいて、寝《ね》かせたんだ。

あたしもカオルンも、勉強《べんきょう》はあんまりできなかったけど――ヒクテとヒトヨが楽《たの》しそうだったから、それでいいよね。

それに、ミッチーも、すごくうれしそうだったし。

ヒクテは寝言《ねごと》で、

「……色《いろ》じかけ……師匠《ししょう》」

ってあたしを呼《よ》んだんだよ。

あいかわらず、かんちがい。でも、仲良《なかよ》くなれた気《き》がしてうれしかった。

きっと、それでよかったんだ……。

「ちゃんと、ぐっすり寝《ね》ろよ、色《いろ》じかけ師匠《ししょう》」

「ちょっ、やめてよ、その呼《よ》びかた」

ミッチーとあたしは、2人《ふたり》で布団《ふとん》を運《はこ》んでる。

ミッチーが、念《ねん》のために、あたしの部屋《へや》の外《そと》で番《ばん》をする、って言《い》うから。

「ミッチーだって、ちゃんと寝《ね》なくちゃダメだよ。昨日《きのう》も朝《あさ》まで、勉強《べんきょう》してたんでしょ」

「グーッ……」

あっ、もう寝《ね》てた。

ろうかに置《お》いた布団《ふとん》に、くずれ落《お》ちるみたいに。

「しょーがないなーっ」

風邪《かぜ》ひくよ！

頭《あたま》をまくらに乗《の》せて、シーツとか、かけられるものをみんな上《うえ》にかけて、なんとか冷《ひ》えないようにしてから、

「じゃー、おやすみ」

あたしは、自分《じぶん》の部屋《へや》に入《はい》る。

そこにいてくれるって気持《きも》ち、とっても、ありがたい。
さすがに、ヒクテとヒトヨは、もう何《なに》もしないとは思《おも》うけど……。
と――。
そんなふうに考《かんが》えたのは、ほんの2、3分《ぷん》の間《あいだ》だけ。
あっという間《ま》に、あたしは、眠《ねむ》っちゃった。
と、思《おも》ったら、

「ん!?」
パッ、と目《め》がさめた。
なんだか、変《へん》な感《かん》じがしたんだけど……見《み》えるのは、いつもの天井《てんじょう》。
見回《みまわ》してみる。部屋《へや》には、だれもいない。
どうして、目《め》が覚《さ》めたんだろ?
天井《てんじょう》には、ケノのCDの宣伝《せんでん》ポスター。
もう飽《あ》きた！　って言《い》いたくなるくらい、家《いえ》じゅうに、たくさんはってある。
もちろん、ケノが傷《きず》つくといけないから、「飽《あ》きた」なんて言《い》わないけどね。
ケノの笑顔《えがお》は、いつもキラキラしてるなあ。

夜用《よるよう》の小《ちい》さな電球《でんきゅう》の明《あ》かりで見《み》ても、やっぱりキラキラだよ。

さっ、寝《ね》よう、寝《ね》よう。

目《め》を閉《と》じようとしたとき――。

グニャリ。

「え!?」

目《め》の前《まえ》に、ケノがせまってくる!?

でも、なんなの、このフワッとした動《うご》きっ。

フワサッ。

ポスターだ！

天井《てんじょう》にはってあったポスターが、あたしの上《うえ》に、毛布《もうふ》みたいに――。

と、同時《どうじ》に、身体《からだ》の上《うえ》に、何《なに》かが――、
ズンッ。

「ギャッ！」

飛《と》び降《お》りてきた。

「里見《さとみ》家《け》当主《とうしゅ》、サトミ姫《ひめ》か」

「はっ!?」

また出《で》た、姫呼《ひめよ》ばわり！

「だから姫《ひめ》じゃないっ――」

ポスターを払《はら》いのけると、そこには人影《ひとかげ》。

何《なに》かを振《ふ》りかざしてる。ナイフ!?　短剣《たんけん》!?

なんかそんな、とにかく、刃物《はもの》だよ！

キラッ……。

「うわぁああ!?」

その人《ひと》は、細身《ほそみ》の女性《じょせい》。

上半身《じょうはんしん》はピタッとして下半身《かはんしん》はゆったりした、ポケットがたくさんある、つなぎみたいな服《ふく》。

顔《かお》はほっそり。さらっとした長《なが》めの髪《かみ》を、後《うし》ろでしっかり束《たば》ねてる。

そして、その向《む》こうに見《み》えるのは、大《おお》きな――穴《あな》!?

「あぁあああっ！」

天井《てんじょう》に、穴《あな》が開《あ》いてる！

さっきのケノのポスター、あの穴《あな》をかくしてたんじゃ!?

「なんてこと、してくれたの!?」

と、さけぼうとしたんだけど、

「抜《ぬ》け忍《にん》と、抜《ぬ》け忍《にん》をかくまった者《もの》、必《かなら》ず狩《か》られ消《き》えゆくべし。これ忍《しの》びの掟《おきて》なり!」

先《さき》にさけばれちゃった。

「ひぇえっ」

この人《ひと》、だれ!?

と、思《おも》ったとたん、ヒトヨが言《い》った言葉《ことば》が頭《あたま》に浮《う》かぶ。

——大《おお》きいお姉《ねえ》たん。

もしかして、この人《ひと》!?

ガタンッ。

音《おと》に見上《みあ》げると、

「サトミ!」

天井《てんじょう》のフタが開《ひら》いて、顔《かお》を出《だ》したのは、ミッチー。

「だあっ!」

頭《あたま》から先《さき》に、飛《と》び降《お》りてきた。

ミッチー、助《たす》けに来《き》てくれたんだ！

ん？

そこ、ミッチーがよく使《つか》ってる通路《つうろ》だし、フタがついてる。それなら、わざわざ新《あたら》しい穴《あな》、開《あ》けなくてもよかったんじゃないの!?

と、複雑《ふくざつ》な気持《きも》ちになったそのとき、

「ふんっ」

お姉《ねえ》さん、ひと息《いき》でミッチーを受《う》け止《と》め、抱《かか》えこむ。

すごい力《ちから》！

ミッチーは、手足《てあし》をバタバタさせて、

「サトミに手《て》を出《だ》すな！　ヒクテとヒトヨにも、こんなこと、やめさせろ！」

お姉《ねえ》さんの腕《うで》にからみついて、必死《ひっし》にわめいてるけど、

「ホッ」

お姉《ねえ》さんは、声《こえ》にならない気合《きあ》いとともに、ひじをひとふり。

それがミッチーの背中《せなか》に当《あ》たり、ドッ、と、にぶい音《おと》をたてる。

「へうっ」

ミッチーも、声《こえ》にならない悲鳴《ひめい》を上《あ》げて――。

ぐったりしてます。

「ミッチー!?」

動《うご》かない。簡単《かんたん》にやられちゃった。

お姉《ねえ》さん、強《つよ》いよ!?

ミッチーを肩《かた》にかつぎ上《あ》げ、ベッドの上《うえ》にまっすぐ立《た》つと、

「おい、窓《まど》を開《あ》けろ」

「なっ……」

「このままじゃ窓《まど》ガラスに当《あ》たる」

ミッチーの頭《あたま》を、ガラスにぶつけようっていうの？

「うわわわ、待《ま》って！」

あたしは窓《まど》に飛《と》びついて、ガラッ、と全開《ぜんかい》。

そのとたん、

「せいっ」

ミッチーは、思《おも》いっきり上手投《うわてな》げされて――。

ヒュンッ。

ベランダの向《む》こうへ落《お》ちていく。

「――ミッチー!?」

ドサッ、と、庭《にわ》から聞《き》こえた。

「落《お》ちた……っ」

ミッチーを、軽々《かるがる》、庭《にわ》に投《な》げ捨《す》てちゃった……。

「大丈夫《だいじょうぶ》だ、首《くび》だけは痛《いた》めないように投《な》げた」

お姉《ねえ》さん、静《しず》かに窓《まど》を閉《し》めてます。

「首《くび》だけは、って、ほかは!?」

「私《わたし》は姉《あね》だ。加減《かげん》は心得《こころえ》ている」

ふつうは、姉《あね》が弟《おとうと》を2階《かい》から落《お》としたりしませんっ。

「やっぱり、ミッチーのお姉《ねえ》さんなんだっ」

「だったら悪《わる》いか」

べつに悪《わる》くないけど――。

「私《わたし》は犬山家《いぬやまけ》の長女《ちょうじょ》、犬山《いぬやま》オトネ。サトミ姫《ひめ》、なぜ、ミチをかばった」

「ミチ、って、ミッチーのこと？」

「悪《わる》いか」

「きいただけだし！」

いちいち、つっかからないでよ！

「ならいい——覚悟《かくご》しろっ」

刃物《はもの》をふり上《あ》げる。

「ひゃあああっ！」

覚悟《かくご》っていうか、もうダメだよ、これ。

あとはもう、刃物《はもの》がふり下《お》ろされるだけ。

なんだあ……。

せっかく苦労《くろう》して、ワンコの呪《のろ》いを終《お》わらせたのに。

がんばって、おじいちゃんを、福《ふく》の神《かみ》にしてあげようと思《おも》ってたのに。

あたし、もう死《し》んじゃうの？　がっかりだよ！

死《し》んじゃったら、ママやおばあちゃんのところに行《い》けるけど——。

でも、生《い》きてるみんなと、会《あ》えなくなっちゃうかも？

会《あ》えても、あたしだけ、おじいちゃんみたいに、オバケ状態《じょうたい》とか？

カオルンと学校《がっこう》に行《い》くの、それじゃ無理《むり》。

買《か》い食《ぐ》いなんか、ぜったい無理《むり》！

おじいちゃんは、オバケになったらお金《かね》の心配《しんぱい》がない、なんて、いばってたよね。

あのときはムカついたけど……。

本当《ほんとう》は、オバケにだって、さみしいこととか、つらいことが、いろいろあるんだ。

いきなりだけど、オバケの気持《きも》ち、ちょっとわかった。

最近《さいきん》、悪《わる》いことはぜーんぶ、おじいちゃんのせいにしてて、悪《わる》かったかなあ。

反省《はんせい》。


ところで――。

さっき、あたしの上《うえ》で、オトネさんが刃物《はもの》をふり上《あ》げてからここまで、ほんの一瞬《いっしゅん》だからね。

いざ死《し》んじゃうと思《おも》ったら、こんなに次々《つぎつぎ》、いろいろなことが思《おも》い浮《う》かぶ。

びっくりしちゃうよ。

でも、そろそろ終《お》わりにしないとね。

いくらなんでも、長《なが》すぎるよね。

「おじいちゃん、今《いま》まで、本当《ほんとう》にごめんね」

——これから、そっちに行《い》くよ。

「うむ。わかればいいっ」

え。その声《こえ》は——。

「おじいちゃん!?」

その瞬間《しゅんかん》、オトネさんが消《き》えた。

見回《みまわ》すと、ベッドの横《よこ》に、ひっくり返《かえ》ってる。

「おっ、おっ、おをおおおオバケ」

その大《おお》きな目《め》が見《み》てるのは——おじいちゃん。

と、思《おも》ったら、

「貴様《きさま》の幻術《げんじゅつ》か！」

シャキンッ。

刃物《はもの》を、下《した》からあたしの首《くび》につきつけた。

「ひっ？」

「そうか、貴様《きさま》も忍《しの》びの者《もの》か。くノ一《いち》か！」

「世界一《せかいいち》？　あたしが？　なんの？」

刃物《はもの》をつきつけられて、ほめられてる!?

「『くノ一《いち》』だ！　女性《じょせい》の忍者《にんじゃ》のことよ。知《し》らないとは言《い》わせない」

……《くのいち》。

別《べつ》に、ほめられてるんじゃ、ないみたい。

昼間《ひるま》のケーブルテレビで、聞《き》いたことがある気《き》もする。

「どういう意味《いみ》？」

「だ・か・ら、女《おんな》の忍《しの》びだっ。一度《いちど》聞《き》いたことは、しっかり覚《おぼ》えなさい。それでも忍《しの》びか!?」

「いや、えっと、あたしは別《べつ》に」

「女《おんな》という漢字《かんじ》を分解《ぶんかい》すると、ひらがなの『く』と、カタカナの『ノ』と、漢字《かんじ》の『一』になる。だから『くのいち』という。覚《おぼ》えた？　どう、覚《おぼ》えたの!?」

「ううう、その刃物《はもの》、ちょっとこわい……です……」

オトネさんがぐいぐい迫《せま》ってくるから、刃物《はもの》も首《くび》に、ピタピタ当《あ》たる。

「刃物《はもの》？　これは、『くない』といって、忍者《にんじゃ》の武器《ぶき》としては定番《ていばん》。忍《しの》びのくせに、そんなことも知《し》らないの？」

「いや、だから、あたしは忍《しの》びじゃないんですけど」

それにしても、わざわざそんなことを教《おし》えてくれるなんて、オトネさんって——。

——親切《しんせつ》なのかな？

だったら、きいてみよう……。

「でも、あのう……忍者《にんじゃ》を抜《ぬ》けちゃいけないなんて、どうして？」

「掟《おきて》は掟《おきて》。数百年《すうひゃくねん》の間《あいだ》、この掟《おきて》が犬山家《いぬやまけ》を守《まも》ってきた」

「犬山家《いぬやまけ》を守《まも》れたら、ミッチーはどうでもいいの？」

「いいわけないだろう！」

ダンッ。

くないをにぎったまま、オトネさんは、こぶしで床《ゆか》をたたいた。

いたくないのかな……。

「サトミ姫《ひめ》……そなたもくノ一《いち》ならば、わかるはず。私《わたし》が10年《ねん》以上《いじょう》も抱《かか》えてきた、この胸《むね》の——いたみを」

「はあ……」

あたしは、姫《ひめ》でもくノ一《いち》でもないんだけど、そこは、わかってもらえそうもない。

オトネさんは、ベッドの横《よこ》のフワフワマットの上《うえ》に、すわりなおす。
そして、語《かた》ってくれた。
弟《おとうと》・ミッチーの生《お》い立《た》ちと、それを見守《みまも》ってきたオトネさんの、苛立《いらだ》ちの歴史《れきし》を——。

九■犬山忍法《いぬやまにんぽう》・ミッチーの過去《かこ》をばくろ！　の巻《まき》

「犬山《いぬやま》の忍《しの》びについては、昔《むかし》からこう言《い》われている――」

オトネさんは目《め》を閉《と》じて、何《なに》かに思《おも》いをはせる。

「地《ち》を走《はし》ること猫《ねこ》のごとし。水《みず》を走《はし》ることアメンボのごとし。そして宙《ちゅう》を舞《ま》うことモモンガのごとし！」

猫《ねこ》とアメンボはともかく、モモンガは見《み》たことないから、よくわからないけど――。

「静《しず》かに、そして素早《すばや》く動《うご》く、忍《しの》びの華麗《かれい》さを表《あらわ》した例《たと》えだけど」

なるほど。

「ミチは、3つになって修行《しゅぎょう》を始《はじ》めたそのときから、まったくちがっていた――」

閉《と》じたまぶたに、グッと力《ちから》がこもる。

「地《ち》を走《はし》ること戦車《せんしゃ》のごとし。水《みず》を走《はし》ることバタ足練習《あしれんしゅう》のごとし。そして宙《ちゅう》を舞《ま》うこと、巨人《きょじん》のハタキのごとし！」

バタアン、バタバタバタアアン！

森《もり》の木《き》よりも背《せ》の高《たか》い巨人《きょじん》が、ハタキをかけている様子《ようす》が、思《おも》い浮《う》かぶ。

「ミチが動《うご》けば、枯《か》れ葉《は》はバラバラ舞《ま》い散《ち》って、鳥《とり》はギャアギャア鳴《な》きわめき、タヌキもイタチも一目散《いちもくさん》に逃《に》げていく……」

うんうん。なんか、よくわかる。

ミッチーが動《うご》くと、うちでもそんなかんじだもんね。

「たとえば、こんなことがあった」

オトネさんは、ゆっくり、ため息《いき》をつく。

◆　◇　◆

犬山忍者園《いぬやまにんじゃえん》のことは、そなたも忍《しの》びなら、聞《き》いたことがあるな。

園長《えんちょう》は私《わたし》の父《ちち》。教頭《きょうとう》は私《わたし》の母《はは》。犬山家《いぬやまけ》の忍者教育《にんじゃきょういく》を支《ささ》える、大切《たいせつ》な幼稚園《ようちえん》だ。

ミチも3歳《さい》から、山《やま》の中《なか》で忍《しの》びの訓練《くんれん》を受《う》けていた。

木登《きのぼ》りをしたり、川《かわ》で泳《およ》いだりすることは、ミチにとっては得意中《とくいちゅう》の得意《とくい》。

けれども、その成績《せいせき》は、下《げ》の下《げ》――。

動《うご》きが、やかましすぎるから。

父《ちち》も母《はは》も、そんなミチを、なんとか無事《ぶじ》に卒業《そつぎょう》させてやろうとしていた。

だから、卒業試験《そつぎょうしけん》は、私《わたし》とペアを組《く》むことにしてくれたのだ。

その課題《かだい》は、1つ。

父《ちち》が寝《ね》ている奥座敷《おくざしき》へ忍《しの》び込《こ》み、父《ちち》の口《くち》へ、コーヒーの滴《しずく》をたらす。

そうして、朝《あさ》5時《じ》ぴったりに、心地《ここち》よく目覚《めざ》めさせれば、合格《ごうかく》だ。

コーヒーは、あらかじめ、エスプレッソ・コーヒーをわかし、保温《ほおん》ポットに入《い》れて持《も》って行《い》く。

エスプレッソ・コーヒーとは、とても苦《にが》くてこいコーヒーだ。これも、忍《しの》びなら知《し》っていて当《とう》然《ぜん》だな。

父《ちち》はコーヒーが大好《だいす》きでな。山《やま》の中《なか》とはいえ、豆《まめ》は大袋《おおぶくろ》で持《も》ち込《こ》み、保管《ほかん》していた。

いいんだ、園長《えんちょう》だから。特例《とくれい》だ。

ふう……。

さて、話《はなし》が横《よこ》にそれたな。

私《わたし》は早朝《そうちょう》、ミチを連《つ》れて、父母《ふぼ》の屋敷《やしき》へ忍《しの》び込《こ》んだ。

まずは天井裏《てんじょううら》に入《はい》り、はって奥座敷《おくざしき》へ向《む》かう。

とはいえ、もし、ミチにそんなことをやらせてみろ。

ドタドタバタバタドタドタバタバタ!!。

屋敷《やしき》じゅうの者《もの》を起《お》こしてしまう。

だから、私《わたし》は、6歳《さい》のミチを背負《せお》っていったのだ。

そのとき、私《わたし》は11歳《さい》。

あの手足《てあし》の長《なが》いミチを背負《せお》って、音《おと》をたてずに天井裏《てんじょううら》を移動《いどう》するのは、つらかった。

だが、やるしかない。弟《おとうと》のため、ひいては父母《ふぼ》のためだ。

「姉《ねえ》ちゃん、どこ行《い》くの?」

「父上《ちちうえ》を起《お》こしに行《い》く。さっき聞《き》いた説明《せつめい》を、もう忘《わす》れたのか?」

「なんで天井裏《てんじょううら》なの? まくらのさ、そばにあるさ、でっかい目覚《めざ》まし時計《どけい》を鳴《な》らしてやれば
――」

「シッ。これは試験《しけん》だ。だまってやるしかない」

「姉《ねえ》ちゃん、背中《せなか》がかゆい」

「かけ」

バリボリバリボリバリボリバリボリ。

「静《しず》かにかけ」

「コーヒー、いいにおいだあ」

わかっている。わかっていることは、口《くち》にしなくてもいい。

「はらへった」

「知《し》るか！」

ハッ！

つい、私《わたし》も大声《おおごえ》を上《あ》げてしまった。

たまたま、下《した》にはだれもいなかったのか、あたりは静《しず》まりかえったまま。

「これは、おまえのための試験《しけん》なのだ。いいか？　父上《ちちうえ》の寝《ね》ている上《うえ》まで行《い》ったら、天井板《てんじょういた》に小《ちい》さな小《ちい》さな穴《あな》を開《あ》け、そこから糸《いと》をたらす」

「へえっ。釣《つ》りか？」

「ちがう。糸《いと》の先《さき》が、父上《ちちうえ》の口《くち》のすぐ上《うえ》まで降《お》りたら、そこにコーヒーをたらす。それが糸《いと》を伝《つた》って、父上《ちちうえ》の口《くち》にポタリと落《お》ちれば――」

「父《とう》ちゃん、喜《よろこ》ぶな。コーヒー、大好《だいす》きだもんな」

「喜《よろこ》ばすためにやるんじゃない」

なぜ、こうも緊張感《きんちょうかん》がないのか？

「これは試験《しけん》。けれど、もし途中《とちゅう》で見《み》つかれば、本気《ほんき》で攻《せ》められる」

屋敷《やしき》の中《なか》には、父《ちち》と母《はは》のほか、園《えん》の職員《しょくいん》たちも暮《く》らしている。

親《しん》せきの者《もの》や、忍《しの》びの世界《せかい》に入門《にゅうもん》した者《もの》たちだ。

この日《ひ》は、ミチの試験《しけん》のためにわざわざ、警戒態勢《けいかいたいせい》で勤務《きんむ》しているはず。

「やつらは、相手《あいて》が6歳《さい》だろうと11歳《さい》だろうと、情《なさ》けを捨《す》てておそいかかる。大《おお》けがをするかもしれない。十分《じゅうぶん》に気《き》をつけて」

「父《とう》ちゃん、眠《ねむ》いと機嫌《きげん》が悪《わる》いからなあ。あぶないから、起《お》こすのやめねえ？」

「そういう問題《もんだい》か！」

そうこうしているうちに、父上《ちちうえ》の部屋《へや》の天井裏《てんじょううら》まで来《き》ていた。

天井板《てんじょういた》のすき間《ま》から見《み》ると、寝《ね》ている父上《ちちうえ》がよく見《み》える。

山奥《やまおく》の古《ふる》い屋敷《やしき》だから、すき間《ま》だけは、好都合《こうつごう》にいくらでも空《あ》いている。

「グウ……グウ……」

「よく寝《ね》てんなあ」

父《ちち》はもしかすると、わざと、気付《きづ》かないふりをしてくれていたのかも。

ミチは、私《わたし》の背中《せなか》からおりると、

「ニンニキニキニキニーン」

妙《みょう》な歌《うた》を口《くち》ずさみながら、糸巻《いとま》きから糸《いと》を出《だ》している。

「だまってやれ」

私《わたし》はその間《あいだ》に、天井板《てんじょういた》に、キリで穴《あな》を開《あ》けた。

そこからのぞくと、ちょうど、半開《はんびら》きの父上《ちちうえ》の口《くち》が見《み》える。

「んんー、ツツー」

ミチが、そこへ糸《いと》をたらす。

「いちいち声《こえ》をだすな」

よし、うまいぞ。スルスルと、糸《いと》の先《さき》は降《お》りていって、父上《ちちうえ》の口《くち》の数《すう》センチ上《うえ》まで――。

「おおっと」

コットン！

なぜそこで、糸巻《いとま》きを取《と》り落《お》とす!?

「ハアッ！」

コロコロコロコロ。糸巻《いとま》きが大《おお》きな音《おと》をたてる。

私《わたし》はあわてて、それを受《う》け止《と》めたけど、

「うわっ、なにおどってんだ、姉《ねえ》ちゃん！　だいじょぶか！」

ダダン！

ミチは両手《りょうて》をついて、私《わたし》の顔《かお》をのぞきこんだ。

「ゼイゼイ……手《て》をつくな、手《て》を！　ていうか、おどってないし。糸《いと》はいいの!?」

「ヘクシューン！」

くしゃみをしたのは、ミチではない。

下《した》で寝《ね》ている、父上《ちちうえ》。

「うわっ、糸《いと》、糸《いと》！」

天井《てんじょう》からたれた糸《いと》が、父上《ちちうえ》の鼻《はな》をくすぐっている！

「あががが っ」

ミチが糸《いと》を引《ひ》き上《あ》げ、

「引《ひ》き上《あ》げすぎだ」

また下《さ》げ、

「ヘクチューン！」

また上《あ》げる。
その間《あいだ》に、どうして父上《ちちうえ》は、寝返《ねがえ》りを打《う》ったり布団《ふとん》にもぐったりしないのかと……。
気付《きづ》かないふりをしているとしか、もう、思《おも》えない。
「コーヒー落《お》とすぞ、姉《ねえ》ちゃん」
ミチは、やっと真剣《しんけん》になってきたらしい。
ふたつきポケットから、そうっと、短《みじか》いスポイトを取《と》り出《だ》す。
「ああ、慎重《しんちょう》にね。ゆっくり、習《なら》ったとおりにやればいい」
私《わたし》は、父上《ちちうえ》の気持《きも》ちがわかって、安心《あんしん》してきた。
よほどのへまをしないかぎり、ミチは合格《ごうかく》できるだろう。
今《いま》どき、いくら山下家《やましたけ》でも、通常《つうじょう》の任務《にんむ》は子《こ》どもにやらせない。
だから、こんなミチだって、忍者園《にんじゃえん》を卒業《そつぎょう》したら、ひとまずは安心《あんしん》。
あとは大人《おとな》になるまでに、どうしたらいいか考《かんが》えればいい。訓練《くんれん》だって、まだできる。
父上《ちちうえ》は、ミチを長《なが》い目《め》で見守《みまも》るつもりでいるんだ——。
私《わたし》は、父上《ちちうえ》のやさしさを感《かん》じ取《と》って、そっと涙《なみだ》した。

十 ■ 者《もの》ども出合《であ》え、くせ者《もの》だ！

「ところがどっこおい！　サトミ姫《ひめ》っ!!」

突然《とつぜん》、オトネさんが大声《おおごえ》を上《あ》げたので、

「ひぇえっ!?」

あたしまで、悲鳴《ひめい》を上《あ》げちゃったよ。

「ミチのやつは……ミチのやつは……っ」

オトネさんは、こぶしをにぎりしめる。

「お、オトネさん……？」

「続《つづ》きを聞《き》いてくれっ」

「はっ、はい！」

オトネさんのこぶしは、ぷるぷる、ふるえてた。

ミチが、スポイトで、保温《ほおん》ポットからコーヒーを抜《ぬ》き取《と》った。

◆　◇　◆

そのとき――。

「あぢっ」

コンッ、スッコンコン。

熱《あつ》さにおどろいて、手《て》を離《はな》したらしい。

「……！」

スポイトは、私《わたし》の目《め》の前《まえ》でみるみる転《ころ》がって、天井板《てんじょういた》のすき間《ま》にひっかかり――。

下《した》へ落《お》ちた。

「はうっ」

山奥《やまおく》の古《ふる》い屋敷《やしき》のことゆえ、天井板《てんじょういた》はすき間《ま》だらけ。

一瞬《いっしゅん》のできごと……！

あわてて、そのすき間《ま》から下《した》を見《み》る。

父上《ちちうえ》の寝《ね》ている布団《ふとん》から、一歩《いっぽ》はなれた畳《たたみ》の上《うえ》に、スポイトは横《よこ》たわっている。

父上《ちちうえ》は、まだ、ウソ寝《ね》を続《つづ》けている……。

――まだ試験《しけん》は終《お》わっていない。あきらめるな、続《つづ》けろ！

そんな心《こころ》の声《こえ》が、聞《き》こえてくるような気《き》がした。

そうだ、あきらめてはいけない。

「ミチ、まだやれる。スポイトがないなら、慎重《しんちょう》にポットをかたむけ――」

ハッ。

「ミチ!?」

ミチがいない。

と、思《おも》った瞬間《しゅんかん》――、
ダァアアン！

屋敷《やしき》をゆるがすような、畳《たたみ》の音《おと》だ。

「!?」

何《なに》かが起《お》きた。

ポットのふたをしめ（身辺《しんぺん》の安定《あんてい》をつねに確保《かくほ》するのが、知《し》っての通《とお》り、忍《しの》びの基本《きほん》だ）、顔《かお》を上《あ》げると、天井板《てんじょういた》が1枚《まい》、はずれている。

おそるおそる、部屋《へや》を見下《みお》ろす――。

「おまえは……っ！」

ああっ、父上《ちちうえ》が起《お》きている！

ミチはスポイトを追《お》って、部屋《へや》へ飛《と》び降《お》りていた。

父上《ちちうえ》のすぐ横《よこ》で、考《かんが》えもなく、いつもの盛大《せいだい》な足音《あしおと》をたてたのだ。

これでは、さすがの父上《ちちうえ》も、ウソ寝《ね》は続《つづ》けられない。ウソくさすぎるからな！

父上《ちちうえ》の声《こえ》が聞《き》こえていないのか、ミチには、緊張感《きんちょうかん》のかけらもない。

「ごめ、落《お》としちゃって」

さっさとスポイトを拾《ひろ》い上《あ》げ、

「うぐっ!?」

父上《ちちうえ》の口《くち》にスポイトをつっこむと、

「はい、父《とう》ちゃん、おはよ」

チューッ！

コーヒーを、スポイトから父上《ちちうえ》の口《くち》へ、押《お》し出《だ》した。

「あぢぃいいいっ！」

スポイトの中《なか》のコーヒーは、熱湯《ねっとう》の熱《あつ》さのはず。

1滴《てき》ずつ糸《いと》を伝《つた》わせて、天井裏《てんじょううら》から下《した》へ降《お》りていく間《あいだ》に、ちょうどいい温度《おんど》に冷《さ》めるよう、きっちり考《かんが》えて持《も》ってきたのだから。

「あっ……ごめ、父《とう》ちゃん。フウフウすればよかったな……」

ミチ、とにかくいろいろ、まちがっているぞ。

「んんんむむむっ」

父上《ちちうえ》の顔《かお》が赤《あか》くなる。そして、さけんだ。

「者《もの》ども、出合《であ》え出合《であ》え、くせ者《もの》だ！」

ああっ、数百年《すうひゃくねん》の歴史《れきし》の中《なか》で、忍者《にんじゃ》がもっともおそれているのは、その台詞《せりふ》！

ミチといえども、それくらいは知《し》っている。

「やばっ」

身《み》の危険《きけん》をさとったミチは、キョロキョロッと、辺《あた》りをながめた。

私《わたし》も同時《どうじ》に、辺《あた》りの気配《けはい》に探《さぐ》りを入《い》れる。

このまま、逃《に》げ去《さ》るべきか？

ミチは階下《かいか》で、格闘戦《かくとうせん》をくりひろげることになるだろう。

私《わたし》のほうも、天井裏《てんじょううら》にひそむ仲間《なかま》として、徹底的《てっていてき》に追《お》われ、攻《せ》められる。

それがこの試験《しけん》のルール。見《み》つかった者《もの》の宿命《しゅくめい》だ。

さあ、どうする。

——放《ほう》っておけば、ミチはやられる。

稲妻《いなずま》のように、その考《かんが》えが、頭《あたま》にひらめいた。

その瞬間《しゅんかん》、私《わたし》は天井裏《てんじょううら》から部屋《へや》の中《なか》へと、飛《と》び降《お》り——。

——ミチを助《たす》けようと——。

——したのだが。

その瞬間《しゅんかん》、部屋《へや》から、ミチが消《き》えていた。

「ハッ!?」

「姉《ねえ》ちゃんっ、悪《わる》い、待《ま》ったか?」

見《み》ると、目《め》の前《まえ》にミチがいる。

ひととびで、開《ひら》いている天井板《てんじょういた》に手《て》をかけ、ふわりと天井裏《てんじょううら》へもどったのだ。

「何《なに》を」

「腰抜《こしぬ》けたか?」

「ぬ、抜《ぬ》けるか!」

「父《とう》ちゃん、怒《おこ》ったぞ。逃《に》げろっ」

と、言《い》ったかと思《おも》うと、

「せいっ」

「はあっ⁉」

ミチは私《わたし》を、背中《せなか》に負《お》った。

「お、おい、何《なに》を――」

「やばやばやばやば！」

そして、来《く》るときに私《わたし》がしたように――。

今度《こんど》はミチが、私《わたし》を背負《せお》ったまま、腰《こし》をかがめて、天井裏《てんじょううら》を疾走《しっそう》した。

ズンッ、ズンッ、ズン。

足元《あしもと》の天井板《てんじょういた》を突《つ》き抜《ぬ》けて、槍《やり》の穂先《ほさき》が迫《せま》り来《く》る。

ミチはそれをかわす。まるで遊《あそ》びのように。

ダンッ、ダンッ、ダダンッ。

盛大《せいだい》な足音《あしおと》が、屋敷《やしき》の天井《てんじょう》をふるわせる。

飛《と》ぶような速《はや》さで天井裏《てんじょううら》を抜《ぬ》け、茅葺《かやぶ》き屋根《やね》の先《さき》に出《で》る。

屋敷《やしき》を囲《かこ》む塀《へい》へ飛《と》び移《うつ》ると――。

そこには、山《やま》じゅうの忍者《にんじゃ》が、待《ま》っていた。

「……試験《しけん》、終了《しゅうりょう》」

塀《へい》の下《した》で、腕組《うでぐ》みをして、ミチをにらみ上《あ》げている。

怒《おこ》られる――。

私《わたし》は、背筋《せすじ》がヒヤリとするのを感《かん》じたが、

「みんな、おはようっ。父《とう》ちゃん、起《お》きたぜ！　オレ、やった！　姉《ねえ》ちゃん、やった！　な!?」

ミチは、両手《りょうて》を上《あ》げて、笑《わら》っていたのだ……。

◆　◇　◆

「で、試験《しけん》の結果《けっか》はどうなったの？」

あたしは、ワクワクしてきいたんだけど、

「ミチは、試験《しけん》に落《お》ちた」

ガックリ。やっぱり、そっか。

「あれでは、みなの手前《てまえ》、合格《ごうかく》させるわけにはいかない。大勢《おおぜい》に見《み》つかり、派手《はで》に騒《さわ》ぎを起《お》こしたのだ。忍《しの》びとして、最悪《さいあく》だ！」

さ、最悪《さいあく》、とまで。

オトネさん、やっぱり、きびしい。

「でもな……」

そのきびしい目《め》つきを、ほんの少《すこ》しやさしくして、オトネさんは続《つづ》ける。

「ミチはあのとき、すごかった。6歳《さい》にして、11歳《さい》の私《わたし》を助《たす》け、そして父上《ちちうえ》を——」

ちょっと言葉《ことば》を選《えら》んで、

「おどろかせた」

そりゃ、おどろくよね。

いきなり、スポイトで、あつあつのコーヒーを口《くち》につっこまれたんだから。

「オトネさん、本当《ほんとう》に大変《たいへん》だったんだね」

忍《しの》びの技《わざ》を学《まな》んで伝《つた》えていくのは、1人《ひとり》じゃ大変《たいへん》。

やっと弟《おとうと》ができて、2人《ふたり》で助《たす》け合《あ》っていけるかと思《おも》ったのに……。

ミッチーは、何《なに》をするにも、静《しず》かにできない。

「動作《どうさ》がやかましいということは、忍者《にんじゃ》にとっては、命取《いのちと》り。敵《てき》に見《み》つかってしまうとわかっている者《もの》には、何《なに》も任《まか》せられぬ」

「ミッチーも、がんばったんだと思《おも》うけど」

基本《きほん》、がんばりやさんだし。お姉《ねえ》さんの気持《きも》ち、無視《むし》できるようなミッチーじゃないし。

「当《あ》たり前《まえ》だ！」

また、オトネさん、怒《おこ》った！

「がんばっても、ああだから、仕方《しかた》がない。だが、忍《しの》びには、仕方《しかた》がないではすまされないことばかり。そなたも忍《しの》びならば、わかるだろう」

「いや、だからあたしは」

「だがしかし、ミチは……あのとき……すごかった」

もう一度《いちど》、オトネさんは、確《たし》かめるみたいに言《い》った。

「それに、ほんの一瞬《いっしゅん》……あの、天井裏《てんじょううら》に戻《もど》ってきたときだけは……音《おと》がなかったような、気《き》がしたのだ」

ミッチーは、すごい。

あたしもそう思《おも》う。

オトネさんは、お姉《ねえ》さんとして、それをよーくわかってる。

そして、そんなミッチーのことが、本当《ほんとう》は大好《だいす》きなんじゃないかな……。

「惜《お》しいやつを失《うしな》った……」

何言《なにい》ってるの。

「失《うしな》ってないって。今《いま》のミッチーだって、ぜんぜん、ダメじゃないよ」

あたしは知《し》ってる。ミッチーはすごい。ミッチーはかっこいい。

ミッチーは、大切《たいせつ》な仲間《なかま》――。

「いや、今《いま》ごろはもう」

オトネさんは、悲《かな》しげに首《くび》をふる。

「もう、って。ミッチーは生《い》きて――あぁあああっ!? 忘《わす》れてたっ」

昔《むかし》のミッチーの話《はなし》を聞《き》いてたら、今《いま》のミッチーのこと、忘《わす》れてた。

庭《にわ》に放《ほう》りっぱなしだあ！

い、いやいや、落《お》ち着《つ》け、あたし。

「だ、大丈夫《だいじょうぶ》だよね？　ミッチーだし。２階《かい》から放《ほう》り出《だ》されたくらいで――」

「そうじゃない。ヒクテとヒトヨが」

あの2人《ふたり》?

——あの2人《ふたり》は……遊《あそ》びつかれて……寝《ね》てるんじゃ……。

そうじゃなかったら……庭《にわ》に倒《たお》れてるミッチーを——今《いま》ごろ——?

「——ぅあああああ!?」

大変《たいへん》だ!

ズダダダッ。

あたしは、部屋《へや》から、かけ出《だ》した。

十一■里見忍法《さとみにんぽう》・危険《きけん》なビデオ鑑賞会《かんしょうかい》！　の巻《まき》

リビングの大《おお》きな窓《まど》を開《あ》けて、庭《にわ》に飛《と》び出《だ》す。
暗《くら》いガーデンライトの光《ひかり》の中《なか》に、ミッチーの姿《すがた》を探《さが》す。
オトネさんにやられて、庭《にわ》に落《お》ちたミッチーを、あの2人《ふたり》が――？
「お姉《ねえ》ちゃん！」「たん！」
ヒクテとヒトヨが、立《た》っていた。
ガーデンライトの小《ちい》さな明《あ》かりで、顔《かお》が照《て》らし出《だ》されてる。
困《こま》っているような、迷《まよ》っているような。
あたしの後《うし》ろにいる、オトネさんを見《み》つめてる。
ヒクテとヒトヨの間《あいだ》には、ミッチーが倒《たお》れてる。
レジャーシートの上《うえ》で、横《よこ》を向《む》いて、丸《まる》まって――、

「グワァアグゥゥウウウ」

大《おお》いびきをかいてた。

「ミッチー……良《よ》かった。生《い》きてる」

ドキドキさせないでよ！

「あのね」

ヒクテとヒトヨが、何《なに》かを取《と》り出《だ》して、前《まえ》に差《さ》し出《だ》す。

「これ」「こぇも」

「お兄《にい》ちゃんのテントに、あった」「あったお」

それは、今《いま》までに、ヒクテやヒトヨ、そしてオトネさんが使《つか》ったものと同《おな》じような――。

忍者《にんじゃ》の、伝統的《でんとうてき》な武器《ぶき》。

オトネさんが、かけよって、それを2人《ふたり》から受《う》け取《と》る。

「手裏剣《しゅりけん》。くない。それに、くさり鎌《がま》……」

その武器《ぶき》を、ひとつひとつ、じっと見《み》る。そして、手《て》でそっとなでてみる。

「よく、手入《てい》れしてある」

「あのね。あのね、お姉《ねえ》ちゃん」

ヒクテが言《い》うと、

「お兄《にい》たんぁね、もしかすぅと」

ヒトヨも言《い》って、2人《ふたり》は前《まえ》に出《で》る。

そして、オトネさんの両手《りょうて》に、そっと、すがりついた。

「忍者《にんじゃ》……やめてないかも」「やめてないお」

「あっ……」

それを聞《き》いて、あたしも、ハッとする。

3人姉妹《にんしまい》が、あたしのほうを見《み》る。

「うぅ、えっと、だって」

なんて言《い》ったらいいか……。

「ミッチーは、忍者《にんじゃ》をやめる、って言《い》っていたけど、でも……」

あたしは、ミッチーが言《い》ったことを、思《おも》い出《だ》す。

忍者《にんじゃ》をやめるかも、って、教《おし》えてくれた、あの日《ひ》。

川辺《かわべ》の道《みち》でわかれるときに、言《い》ったんだ。

「……『おまえのためなら、忍者《にんじゃ》、やってやってもいいぞ』って」

あのときは、あんまり深《ふか》く考《かんが》えてなかったよ、あたし。

でも、あの陸上競技大会《りくじょうきょうぎたいかい》の日《ひ》に、告白《こくはく》されて、今《いま》になって考《かんが》えると――。

すごく、すごく、心《こころ》のこもった言葉《ことば》だったと思《おも》うんだ。

「ミッチーは、オトネさんや、ヒクテちゃんやヒトヨちゃんといっしょに、家族《かぞく》の役《やく》に立《た》ちたかったんだと思《おも》う。でも、どうしてもうまくいかなくて……」

悩《なや》んで、悩《なや》んだ末《すえ》に、陸上競技《りくじょうきょうぎ》っていう特技《とくぎ》を見《み》つけた。

「でも、家族《かぞく》のことだもの。簡単《かんたん》には忘《わす》れられないよ」

家族《かぞく》といっしょに、忍者《にんじゃ》としてやれたらいいのに。

その思《おも》いは、きっと、ずっと――これからも、心《こころ》に残《のこ》る。

「じゃ、お兄《にい》ちゃん、まだ忍者《にんじゃ》やる？」

「それは、あたしにはわかんないけど」

勝手《かって》に、やるよ、なんて言《い》えない。

でも、あたしには、わかってることもある。

「ミッチーは、ぜんぜん、ダメじゃないよ。がんばりやだし、速《はや》く走《はし》れるし、この里見家《さとみけ》を守《まも》ってくれてる」

ミッチーは忍者《にんじゃ》をやめたんだ――。

そう言《い》ってあげたほうが、ミッチーのためになるんだと、今《いま》までは思《おも》ってた。

ミッチーは、忍者《にんじゃ》をやめたいんだから、って。

でも、きっと、ちがうんだ。

ミッチーは、今《いま》までもずっと、忍者《にんじゃ》だった。

家《いえ》を守《まも》ったり、山下家《やましたけ》に忍《しの》び込《こ》んだり、学校《がっこう》で忍者《にんじゃ》ショーをやってくれたり。

あたしのために。そして、里見家《さとみけ》のために。

「けれど……単《たん》に、身《み》を守《まも》るためなのでは？」

オトネさんが、うなるような声《こえ》を出《だ》す。

「使《つか》いなれた武器《ぶき》を、捨《す》てずにいただけなのかもしれない」

「だってお兄《にい》たん、犬山印《いぬやまじるし》の忍者式《にんじゃしき》テントに住《す》んでぅお」

ヒトヨが、ミッチーのテントを指《ゆび》さすと、

「小《ちい》さく見《み》えても中《なか》は広《ひろ》～い、夏《なつ》すずしくて冬《ふゆ》あたたかい、忍者式《にんじゃしき》テント『梅《うめ》の3号《ごう》』だよ！」

ヒクテが、カタログの文章《ぶんしょう》みたいなことを、スラスラ。

えっ。ミッチーが庭《にわ》で住《す》んでるテント、そんな特別《とくべつ》なものだったの？

「あいつ……犬山通販《いぬやまつうはん》で買《か》ったのか……。金《かね》ないだろうに」

犬山家《いぬやまけ》って、通販《つうはん》までやってるの!?

「お兄《にい》ちゃん、まだ忍者《にんじゃ》なんだよ！」「忍《しの》びなんだお！」

ヒクテとヒトヨが、ぴょんぴょんとびはねて、オトネさんの腕《うで》をゆらす。

「しかし……しかし、家《いえ》を出《で》たのに、勝手《かって》に忍者《にんじゃ》でいることなど……できるのか……？」

オトネさんは、２人《ふたり》の妹《いもうと》の顔《かお》を見下《みお》ろしたまま、考《かんが》えこんでいる。

「あのミチが、そんな意志《いし》の強《つよ》さを、持《も》っているのか……？」

それを聞《き》いて、あたしは決心《けっしん》した。

「よーし、こっち来《き》て！」

オトネさんの手《て》をつかむ。

「なんだ」

もう片方《かたほう》の手《て》で、ヒクテとヒトヨの肩《かた》を抱《だ》く。

「6歳《さい》のミッチーは、すごかったんだよね」

3人《にん》を、リビングに連《つ》れていく。

「今《いま》のミッチーも、けっこうすごいんだよ！」

「……なんだ、これは」

ソファのまん中《なか》に、オトネさんがすわって、その両側《りょうがわ》から、ヒクテとヒトヨが、もたれかかってる。

その足元《あしもと》には、布団《ふとん》がしいてあって、シノがぐっすり寝《ね》てる。

その前《まえ》にあるテレビから、キャーキャー、女《おんな》の子《こ》の声援《せいえん》が鳴《な》り響《ひび》いてる。

「これ、中学生陸上競技大会《ちゅうがくせいりくじょうきょうぎたいかい》のＤＶＤ」

南中陸上部《なんちゅうりくじょうぶ》の、顧問《こもん》の先生《せんせい》がくれたんだって、ミッチーが言《い》ってた。

あたしはこの大会《たいかい》、ダイカとソウスケとシノと、４人《にん》で見《み》に行《い》ったんだ。くわしくは『サトミちゃんちの1男子《だんし》②』にのってるよ。

これを見《み》たら、オトネさんたち、きっと喜《よろこ》んでくれる。

とりあえず、ミッチーが出《で》るところまで、早送《はやおく》り。

「このあたりかな」

再生《さいせい》ボタンを押《お》すと、選手《せんしゅ》たちが、次々《つぎつぎ》にゴールイン。

会場《かいじょう》が声援《せいえん》でいっぱいになってる。

思《おも》い出《だ》すなあ！

「ふっ。のどかでいいな、一般人《いっぱんじん》のかけっこは」

「おそいね」「おそいお！」

「い!?」

しまった！

忍者一族《にんじゃいちぞく》って、みんな、ミッチーくらい足《あし》が速《はや》いのかな!?

中学生《ちゅうがくせい》の競技《きょうぎ》なんて、オトネさんやヒクテ・ヒトヨにとっては、ゆるっゆる……？

ミッチーの走《はし》りも、ゆるゆるに見《み》えちゃったりして……？

テレビの画面《がめん》では、ミッチーが、他《ほか》の選手《せんしゅ》たちといっしょに、スタートラインについたところ。

ひざを曲《ま》げたり、伸《の》ばしたりしてる。

「あれは――ミチではないか」

オトネさんの目《め》が、画面《がめん》にくぎづけになった。

……よし。

男子《だんし》200メートル決勝《けっしょう》、始《はじ》まった。

あたしはテレビの音量《おんりょう》を上《あ》げる。

ああっ、やっぱり、あのときのミッチーは、すごい！
ズダダダダダダダダ……。
他《ほか》の選手《せんしゅ》の間《あいだ》を、ドーンと突《つ》き抜《ぬ》けて、どんどん走《はし》って行《い》く。
たった1人《ひとり》で、どこまでも行《い》っちゃいそうだよ！
ミッチーは強《つよ》い。
6歳《さい》のときも、今《いま》も、それは変《か》わらないと思《おも》うんだ！
ミッチーは、ゴールをサーッと、かけ抜《ぬ》けていく——。

あれ。
ミッチー、戻《もど》ってくる。
何《なに》か持《も》ってる。
あっ——。
しまったつ、あの文字《もじ》が！
ミッチーが、画用紙《がようし》に大《おお》きな文字《もじ》で、黒々《くろぐろ》と書《か》いた、あの——。
——サトミ！　すきだ！

——おれと　つきあって！

ってていうメッセージが、バッチリ映《うつ》ってる……。

「うぁあああああああっ!?」

不覚《ふかく》！

ミッチーの走《はし》りに感動《かんどう》しすぎて、停止《ていし》ボタンを押《お》すのを忘《わす》れてた。

あの日《ひ》、ミッチーはレースの後《あと》に——。

あたしに、告白《こくはく》しちゃったんだったぁああああああ！

「リモコンどこ？　リモコン」

見回《みまわ》すと、今《いま》はオトネさんが、リモコンをにぎりしめている。

「オトネさんっ、停止《ていし》ボタン押《お》してっ」

「うぐっ……み、見《み》えぬ……前《まえ》が見《み》えぬ！」

「へ？」

見《み》ると、オトネさん、ボロボロ涙《なみだ》を流《なが》してる。

オトネさんだけじゃない。

ヒクテとヒトヨも、声《こえ》もたてずに泣《な》いてるよ！

「どういうこと……すべてが、ぼやけている……罠《わな》!?」

テレビの画面《がめん》、見《み》えてないみたい。

「オトネさん、泣《な》いてますよ。だから、前《まえ》が見《み》えないんじゃ……?」

「なにっ!?　それは……不覚《ふかく》!」

今《いま》のうちっ。

あたしは、ササッ、と、リモコンを取《と》って再生《さいせい》を止《と》める。

「……何《なに》か……大事《だいじ》なところを、見逃《みのが》したのだろうか。ゴールしたところまでは、見《み》たのだが」

「いえっ、いいとこ、しっかり見《み》てます！　大丈夫《だいじょうぶ》です！」

あたしはあわてて、フォローする。

「ミッチーはこのとき、なんかすごい記録《きろく》を出《だ》したし、女《おんな》の子《こ》とか、キャーキャー言《い》っちゃって
――すごいモテるんだな、とか――チョー猿《さる》っぽくバナナ食《た》べてたりとか――もー、すごくて」

「心《こころ》が、動《うご》いたようだ」

「……え？　あっ、そりゃもう、感動《かんどう》しますよね。あたしもチョー感動《かんどう》して――」

あたしは、それを聞《き》いて、うれしくなる。

ミッチーが今《いま》もすごいってこと、わかってくれたよね？

「ミチに、心《こころ》を動《うご》かされた――」

「うん、うん！」

「ミチに、また負《ま》けた」

がっくり、オトネさんは、カーペットに両手《りょうて》をつく。

「へ？　負《ま》けた？」

ちっとも喜《よろこ》んでくれてなーい！

むしろ、辛《つら》そうだよ。

「忍者《にんじゃ》の世界《せかい》では、心《こころ》を動《うご》かされたら、それはすなわち、負《ま》けを意味《いみ》する」

オトネさんはゆっくり、教《おし》えてくれる。

血《ち》がつながった弟《おとうと》にすら、心《こころ》を動《うご》かされてはいけない……？

「そんな……。そんなこと、言《い》わないで」

喜《よろこ》んでほしかったのに。

「うっ……うぅぅ」

オトネさん、また泣《な》いてる。

こんなつもりじゃなかったよ。

あんなに強《つよ》い人《ひと》が、こんなふうに泣《な》くなんて。

心《こころ》を動《うご》かされたら負《ま》けだと思《おも》って、毎日《まいにち》を生《い》きていた人《ひと》が、こんなふうに——。

そのとき——。

コケコッコー……！

どこかで、ニワトリが鳴《な》く声《こえ》がした。

近所《きんじょ》に、ニワトリ飼《か》ってる家《いえ》って、あったっけ？

「しまった。一番鶏《いちばんどり》の声《こえ》！」

いちばんどり？

そう言《い》われれば、空《そら》はいつのまにか、夜《よる》のどす黒《ぐろ》い青《あお》から、紫《むらさき》がかった青《あお》に――。

「――を真似《まね》た、じじ様《さま》の声《こえ》だ。作戦開始《さくせんかいし》を告《つ》げている」

「じじ様《さま》！」「じーちゃんだお！」

ニワトリじゃない!?

ピーピヨピーピヨピー。スズメの声《こえ》も、聞《き》こえてくる。

「ばば様《さま》だ」「ばーちゃんがいゆ」

ヒクテとヒトヨが、うなずきあう。

「おばあちゃん？　あれが？」

「『ちょっと冷《ひ》えて腰《こし》と喉《のど》がいたいけどなんとか動《うご》けるから作戦《さくせん》どおりにがんばるわ。だから朝《あさ》のお薬《くすり》は忘《わす》れずに飲《の》んで。今週《こんしゅう》から錠剤《じょうざい》は3粒《つぶ》よ』って言《い》ってるの」「そう言《い》ってゆお」

「今《いま》のピーピヨピーで、そんなにくわしく……！」

おそるべし、犬山家《いぬやまけ》のおじいちゃんとおばあちゃん。

「これも、抜《ぬ》け忍狩《にんが》り？　オトネさんたちのように、ミッチーとあたしをねらってるの？」

オトネさんは、

「それだけではすまないな。彼《かれ》らは古《ふる》い人間《にんげん》だから」

ゆっくりと、首《くび》を横《よこ》にふる。

「里見家《さとみけ》を徹底的《てっていてき》に、たたきつぶすだろう」

「ええー!?」

ヒクテ・ヒトヨと、姉《あね》のオトネさん。

3人《にん》も送《おく》り込《こ》んできたっていうのに、まだそんなことを!?

「なんとか、やめさせられないの？」

「できぬ」

オトネさんはきっぱりと答《こた》えた。

「2人《ふたり》は、犬山一族《いぬやまいちぞく》の中《なか》でも、大《だい》ベテランの忍《しの》び。動《うご》き出《だ》したら、止《と》められる者《もの》はいない」

「そんなっ――」

どうすればいいの――？

「そうだ。みんなを起《お》こして、待《ま》ち伏《ぶ》せしよう!?」

ミッチーを守《まも》らなくちゃ。

「今《いま》から来《く》るなら、玄関《げんかん》と、勝手口《かってぐち》と、あと門《もん》を見張《みは》って――」

「もう遅《おそ》いわ！」

オトネさんの鋭《するど》い声《こえ》に、

「ヒ!?」

あたしは、ビクッとする。

「――すでに忍《しの》び込《こ》んでいる」

「もう、家《いえ》の中《なか》にいるってこと!?」

「じじ様《さま》とばば様《さま》は、歳《とし》のせいで夜目《よめ》がきかない。だから、日《ひ》が沈《しず》む前《まえ》に忍《しの》び込《こ》み、最初《さいしょ》の朝日《あさひ》が差《さ》しこんだそのときに、動《うご》き始《はじ》めるのだ」

「早《はや》く言《い》ってよ、それ……」

なんていうか、あたしはもう、呆《あき》れた。

「それが、真《しん》の忍《しの》びの動《うご》きかたというもの。我々《われわれ》には、どうにもできない」

オトネさんは、また、静《しず》かに首《くび》をふった……。

「やっ、やめて。そんな、望《のぞ》みがなさそうな言《い》いかた――」

「ない」

だからそんな、きっぱり言《い》わなくても！

「いやだ」

こんどはあたしが、首《くび》をブンブン、横《よこ》にふる。

「里見家《さとみけ》をたたきつぶすなんて、許《ゆる》せない。あたしは、この家《いえ》を守《まも》るよ」

この気持《きも》ちは、ずっと前《まえ》から決《き》まってる。

「これまでだって、ミッチーが守《まも》ってくれてた。みんなで力《ちから》を合《あ》わせてた。それを急《きゅう》に、あきらめるなんて、できない」

きっと、今《いま》は寝《ね》ている男子《だんし》たちだって、同《おな》じ気持《きも》ちだよ。

そのとき——。

「うあ……おはようございまふ……」

「!?」

床《ゆか》にしいてある布団《ふとん》から、シノが起《お》き上《あ》がった。

「サトミさま……お客様《きゃくさま》でふか……おはやいでふね……」

よくここまで、眠《ねむ》っていられたね。

昨日《きのう》はいろいろあったから、つかれていたんだろうけど。

「シノ、いいよ。もう少《すこ》し寝《ね》てたら」

「いえいえ……朝《あさ》の紅茶《こうちゃ》をいれまひょう……」

シノは立《た》ち上《あ》がって、フラフラ、キッチンへ。

と、思《おも》ったら、キッチンの奥《おく》から、ズザアン！ ものすごい音《おと》がした。

「……！」

オトネさんとあたしは、顔《かお》を見合《みあ》わせる。

「お姉《ねえ》ちゃん」「たんっ」

ヒクテとヒトヨが、オトネにからませた手《て》を、ギュッとにぎっている。

「――!!」

あたしは走《はし》り出《だ》す。

何《なに》かおそろしいことが、始《はじ》まっちゃったんだ！

十二■犬山忍法《いぬやまにんぽう》・家《いえ》ごとぶっこわせ！　の巻《まき》

グワラン、グワラン、ドンガラリン。

なんなの、この音《おと》。地震《じしん》？　でも、ゆれてないよね？

「シノ!?」

キッチンにかけこむと、

「ぐぐぁああああああああ」

シノが、聞《き》いたこともないような声《こえ》で、うなってた。

上《うえ》の棚《たな》の底板《そこいた》が、ぜんぶいっぺんに抜《ぬ》けてる。

シノは流《なが》し台《だい》の上《うえ》で、それを両手《りょうて》で支《ささ》えてる。

ゲームに出《で》てくる巨大《きょだい》ゴリラが、鉄骨《てっこつ》を支《ささ》えてるみたいに……！

シノの顔《かお》がゴリラみたいだ、っていうわけじゃ、ぜんぜんないんだけど……！

でも、力《りき》んで、赤《あか》くなって、だんだんゴリラに近付《ちかづ》いている気《き》もする。

シノの腕《うで》がふるえるたび、
グワラン、ガシャン、ガラガラガラ……。

底板《そこいた》の上《うえ》に積《つ》み上《あ》がった、鍋《なべ》やボウルが、ぶつかり合《あ》う。

「サトミざま……だ……す……げ……で……」

「ハッ！」

あまりのことに、ポーッとしてた。

「う、うん！」

そうだよ、助《たす》けなきゃ。

あたしは、流《なが》し台《だい》にかけよろうとする。

そのとたん、
シュシュシュシュシュシュ！

「ひやっ!?」

目《め》の前《まえ》を、黒《くろ》いものが横切《よこぎ》って、思《おも》わず、立《た》ち止《ど》まる。

「……!?」

見《み》るとキッチンの壁《かべ》に、何《なに》かがつきささってる。

「針《はり》!?」

何十本《なんぼん》もの、黒《くろ》い針《はり》。

シュシュシュシュシュ！

「また来《き》た！」

どこから!?　反対側《はんたいがわ》を見《み》る。

向《む》こうの壁《かべ》に、ケノのポスター。

ケノのキラッキラの笑顔《えがお》から、何本《なんぼん》も針《はり》が出《で》てる!!

ゾ〜〜〜〜〜。

「こっ、こっ、これって——」

そのとき、

「きゃぁああ!?」

どこかから、声《こえ》が聞《き》こえる。

ケノ？

場所《ばしょ》は——方向《ほうこう》からいって、バスルーム!?

「ケノ!?」

さけんでみても、返事《へんじ》はない。

「ザドミざま……行《い》ってぐだざい……ごごは、あぶない……」

「シノ……!」

シノは、ふるえながら、戸棚《とだな》を守《まも》ってる。

「ゲノぐんを……まぼって……っ」

シュシュシュシュシュッ。

針《はり》はあたしの足元《あしもと》に、次々《つぎつぎ》、つきささっていく。

「うわわわわっ!」

これじゃ、シノに近《ちか》づけないよ。

「……ごめん、シノ。必《かなら》ず、だれか連《つ》れてくるから」

「ばやぐ……いって……」

あたしは、グッ、と、うなずく。

それしかできない。

シノがますますゴリラに近付《ちかづ》く前《まえ》に、助《たす》けに来《こ》なきゃ――。

「行《い》ってくる！」

ろうかを走《はし》っている間《あいだ》にも、バスルームから、ドタドタバタバタ、音《おと》がする。

「ケノ!?　開《あ》けるよ！」

返事《へんじ》を聞《き》く間《ま》もなく、あたしは、くもりガラスのドアを開《あ》け——、

「もわっ」

何《なに》かに包《つつ》まれる。

白《しろ》くて、明《あか》るくて、半分《はんぶん》すきとおってる……泡《あわ》？

「ケノ、いるの？　どこ!?」

「こっち……かも……」

声《こえ》が聞《き》こえる方向《ほうこう》からいって、バスタブの中《なか》にいるんだと思《おも》う。

ツルツルドタン、ツルドタン。

「キャアアアッ」

「ケノ、何《なに》をあばれてるの」

「立《た》て……ないっ、かも」

泡《あわ》が減《へ》って、少《すこ》し前《まえ》が見《み》えてきた。

開《あ》けっ放《ぱな》しのドアから、泡《あわ》が外《そと》に出《で》てるんだ。

バスタブの中《なか》にいる（んだと思《おも》う）ケノの顔《かお》が、

「あっぷ……あぷっ」

息苦《いきぐる》しそう。

「ケノ、大丈夫《だいじょうぶ》？　立《た》てないの？」

立《た》てば、泡《あわ》の上《うえ》に完全《かんぜん》に顔《かお》が出《で》る。きっと、息《いき》がもっと楽《らく》になるよ。

ところが、ケノは頭《あたま》を横《よこ》にふる。

「ムリ……あのね、流《なが》し、せんをしてるの。てのひらで」

「なっ、なんで」

「シャワーあびてたらね……泡《あわ》が出《で》てきて……きれい～って思《おも》ってたら……」

あっぷ、ぁあっぷ。

「どんどん、どんどん、たまってきて……よく見《み》えなくなって……」

ケノ、泣《な》きそう。

「ぼくの口《くち》から、オリーブオイルが、どんどん、出《で》てきたのっ」

「オリーブオイル!?」

あの、料理《りょうり》に使《つか》う、緑《みどり》っぽい油《あぶら》？

そう言《い》われれば、このにおい……ケノが作《つく》ってくれるパスタのにおい。

それにしても、ケノの口《くち》から出《で》てくるなんて。

「見《み》て――そこの、壁《かべ》」

見《み》ると、壁《かべ》にはケノのポスター。バスルームにまではったんだ。

ニッコリ笑《わら》った、その口《くち》に穴《あな》が開《あ》いていて――。

そこから、オリーブオイルが、どくどく、どくどく、出《で》てるよ。

うわわわっ、ケノ、これはキモい。

ケノの写真《しゃしん》がキモいわけじゃないのに、かなり気《き》の毒《どく》。

だれがこんなことを!?

「オリーブオイル、流《なが》したら、パイプが詰《つ》まっちゃう……かも……」

「パイプの詰《つ》まり!?」

心配《しんぱい》するところ、そこなの？

「シノっちが、お料理中《りょうりちゅう》に、いつも気《き》をつけてるのに……ぼくが、お風呂《ふろ》で流《なが》しちゃったら、意《い》味《み》なくなっちゃう……」

「ゴムせんは？　このへんにあったのに」

そのとき、ガタガタガターン！

「ひゃっ!?」

何《なに》か、大《おお》きなものがくずれる音《おと》が、どこかからひびいてきた。

「今《いま》の、なんの音《おと》!?」

「サトミちゃん、行《い》って」

「う、うん、でも」

「だれかに、ゴムせんを持《も》ってきて、って伝《つた》えて……」

「……わかった」

ケノ、絶対《ぜったい》にだれか、助《たす》けを呼《よ》ぶからね。

「あっ、あと――あのね。このポスターはったの、サトミちゃん？」

「――え」

ちがう。

ケノじゃなかったの？

じゃ、だれ？

「せっかくはってくれたんだから、と思《おも》って、言《い》いにくかったんだけど……」

「何《なに》？　言《い》って」

「いくらなんでも……たくさんはりすぎ……かも……」

あたしも、そう思《おも》います!!

「あとで、いっしょにはがそう！」

あたしは、バスルームをかけ出《だ》した。

すぐそこに、２階《かい》へ上《あ》がる階段《かいだん》がある――はず。

「何《なに》これ!?」

階段《かいだん》がほとんど、くずれ落《お》ちてる！

そこに、ブンゴがぶら下《さ》がってる。

「ぐぉおおおっ」

足《あし》をふって、なんとか上《のぼ》ろうとしてる。

階段《かいだん》の下《した》は物置《ものおき》だから、物《もの》でいっぱいなんだ。

「里見《さとみ》サトミ」

声《こえ》をかけたのは、階段《かいだん》の上《うえ》にいるゲンパチ。

「ケノの悲鳴《ひめい》が聞《き》こえたので、ブンゴがかけ下《お》りた」

助《たす》けに行《い》こうとしてくれたんだ！

「ところが、ケノのポスターがはってある段《だん》が、すべて抜《ぬ》け落《お》ちた。いや、そこに板《いた》はなくて、ポスターだけがはってあった――」

はわわわっ。

どうしたら助《たす》けられる？

手《て》をのばしても、ブンゴにはとどかない。

あたしは、昨日《きのう》見《み》た、2階《かい》のろうかを思《おも》い出《だ》す。

ケノのポスター、2階《かい》にもはってあったよね……。

「ゲンパチ、ケノのポスターに気《き》をつけて。1階《かい》のポスターから、いろいろ――」

「下《した》でも何《なに》かあったのか」

ゲンパチにきかれて、あたしは、うなずく。

「行《い》ってこいっ。2階《かい》はオレらがなんとか……ぅがっ」

ブンゴが、なんとか身体《からだ》を持《も》ち上《あ》げて、ゲンパチの腕《うで》にすがりつく。

「う……うん……」

あたしは、後《あと》ずさる。

後《うし》ろに、ろうかの壁《かべ》。背中《せなか》がぶつかる。

見《み》ると、そこにも、ケノのポスター。

「!?」

ババッ！　そこから手裏剣《しゅりけん》が飛《と》び出《だ》す。

「ひゃあっ!?」

とっさに飛《と》び退《の》いて、ふりかえると、ポスターのケノの顔《かお》が破《やぶ》れてる。

ひどい……。

「……っ！」

思《おも》いあまって、あたしは、ポスターを引《ひ》きはがす。

ベリッ。

四隅《よすみ》が破《やぶ》れて、はがれたポスターの後《うし》ろには、大《おお》きな穴《あな》。

中《なか》は暗《くら》い……壁《かべ》の中《なか》。

「なっ、なっ、どういうこと」

どんどん、後《あと》ずさる。

玄関《げんかん》の壁《かべ》にも、ケノのポスター。

「うわっ、うわっ、なに、もうっ！」

こわくなって、あたしは、すぐにそれも、引《ひ》きはがす。

ビリッ、と破《やぶ》れながら、はがれたポスター。

その後《うし》ろに、やっぱり、大穴《おおあな》！

「もしかして……」

家《いえ》じゅうのケノのポスターの後《うし》ろには、みーんな、穴《あな》が開《あ》いてる!?

穴《あな》の中《なか》から、ゆるい風《かぜ》を感《かん》じる。家《いえ》のすき間《ま》を通《とお》り抜《ぬ》ける、空気《くうき》の流《なが》れ。

この風《かぜ》――。

金曜日《きんようび》の夜《よる》、和室《わしつ》で勉強《べんきょう》していたときに感《かん》じた、あの、すきま風《かぜ》だっ。

あのときから、このための準備《じゅんび》が進《すす》んでたんだ。

シノやケノを、助《たす》けに行《い》かなくちゃいけないのに。

だれか見《み》つけて、助《たす》けに行《い》ってもらいたいのに。

家《いえ》じゅうが、こんななの!?

「んんー……」

ダイカの声《こえ》。

玄関《げんかん》から、リビングを通《とお》して、向《む》こうに和室《わしつ》の引《ひ》き戸《ど》が見《み》える。

引《ひ》き戸《ど》がスーッと開《ひら》いて、

「グッモー……サトミどの……」

寝間着《ねまき》姿《すがた》のダイカが、顔《かお》を出《だ》す。

布団《ふとん》から起《お》き上《あ》がって、そのまま、引《ひ》き戸《ど》を開《あ》けたみたい。

ところが、そのまま——。

グルンッ。

畳《たたみ》が回《まわ》って、布団《ふとん》ごと、ダイカの姿《すがた》は消《き》えた。

床下《ゆかした》へ——。

「うっ、うっ、ウワワワワワワワワワワ……」

この家《いえ》、どうなっちゃったの!

「……家《いえ》じゅう、おかしい……ってことは……」

家《いえ》の中《なか》は、わなだらけなんだ。

それじゃ……庭《にわ》は!?

あたしはリビングに飛《と》び込《こ》むと、大《おお》きな窓《まど》をガラリと開《ひら》いて、庭《にわ》へ。

サンダルをつっかけて、芝生《しばふ》に下《お》りたとたん、

「おおっとお、あぁあああああ!?」

上《うえ》から、声《こえ》。

ソウスケ!?

ガランガランと、かわらの音《おと》がする。

ソウスケが、2階《かい》のベランダから、軒先《のきさき》に出《で》てきたんだ。

「おーい、大丈夫《だいじょうぶ》か？　今《いま》、そこへ行《い》くよ、サトミ!!」

来《き》てくれたら、すっごくありがたいとこ……だけど……。

ソウスケが歩《ある》くところ、みんな、かわらがはがれて落《お》ちていく。

「うわ、うわ、うわわわわ」

浮《う》いたかわらに足《あし》を取《と》られて、ソウスケは、フラフラ、フラフラ。

「こっ、こころぼそいだろっ、サトミ。サトミィイイ……」

ぐらーり。

ソウスケは、バランスをくずして、軒先《のきさき》から下《した》へ。

雨《あま》どいに足《あし》をかけて、

「うーわっ」

バリーン、と、ふみぬく。

「ひゃあああっ、ソウスケ！」

あぶな――。

――いっ、と思《おも》ったら、庭木《にわき》から何《なに》かが飛《と》び出《だ》した。

ザザーン……。

ソウスケは、シノの手作《てづく》りセキュリティシステム・ミの9号《ごう》に、しっかり受《う》け止《と》められました。

荒縄《あらなわ》の網《あみ》の中《なか》に、キューッと巻《ま》かれて、軒下《のきした》でブラブラ……。

「ごめん……サトミ……そこまで行《い》けなかった……」

あっという間《ま》に、男子《だんし》、全滅《ぜんめつ》!?

これは、犬山家《いぬやまけ》のおじいちゃんとおばあちゃんが、しかけていることなんだ。

わざと、男子《だんし》たちをねらって、動《うご》けなくしてる。

いろいろな手《て》で、みんなを家《いえ》に押《お》しとどめておく。

そして――外《そと》で――何《なに》か――？

「……ミッチー!?」

十三■ 犬山忍法《いぬやまにんぽう》・てのひら返《がえ》しの術《じゅつ》！ の巻《まき》

庭《にわ》の奥《おく》の、忍者式《にんじゃしき》テントに向《む》かって呼《よ》びかける。

返事《へんじ》は、ない。

「ミッチー！」

走《はし》り出《だ》す。

とたんに目《め》の前《まえ》に、2つの人影《ひとかげ》が現《あらわ》れる。

ザン！　ザン！

「里見家《さとみけ》の当主《とうしゅ》、サトミ姫《ひめ》か」

来《き》た……姫呼《ひめよ》ばわり。

「……そうです。あたしが里見《さとみ》サトミ」

姫《ひめ》じゃないけど、もう、そこはツッコまないでいいや。

「拙者《せっしゃ》は、犬山忍者一族《いぬやまにんじゃいちぞく》の頭領《とうりょう》、犬山《いぬやま》ドウサク」

「副頭領《ふくとうりょう》、犬山《いぬやま》アヤメ」

2人《ふたり》とも、腰《こし》を落《お》として、両手《りょうて》を構《かま》えてる。

時代劇《じだいげき》の忍者《にんじゃ》が着《き》ているような、全身《ぜんしん》をおおう、暗《くら》い色《いろ》の衣《ころも》。

頭《あたま》には、頭巾《ずきん》をかぶってる。

でもその目《め》を見《み》れば、かなりのお年寄《としよ》りだ、ってわかる。

「抜《ぬ》け忍《にん》と、抜《ぬ》け忍《にん》をかくまった者《もの》、必《かなら》ず狩《か》られ消《き》えゆくべし。これ忍《しの》びの掟《おきて》なり！」

「それはもう、何度《なんど》も聞《き》きました」

2人《ふたり》は、だまったまま、うなずく。首以外《くびいがい》は、動《うご》かない。

ちょっ、と右《みぎ》へよけようとしたら、サッ！　おじいちゃんが動《うご》く。

さっ、と左《ひだり》へよけようとしたら、サッ！　おばあちゃんが動《うご》く。

すきがない。

もし走《はし》り出《だ》したら、あっという間《ま》に、打《う》ち倒《たお》されそうな気《き》がする。

動《うご》けない――。

「もう、うちはボロボロだし」

穴《あな》だらけだし。

2階《かい》にも行《い》けないし。

男子《だんし》たちはみんな、もう、動《うご》けない。

「ケノのポスターを、攻撃《こうげき》に使《つか》うなんて、ひどいし。ケノが傷《きず》つくし」

「CDショップに行《い》ったら、たくさん置《お》いてあったからのう」

「どうせ使《つか》うなら、かわいいのがいいと思《おも》って」

「ヒクテとヒトヨもファンだから」

「喜《よろこ》ぶかと思《おも》った」

うれしくない。

ケノの口《くち》から油《あぶら》が出《で》たりしたら、悲《かな》しいよ。

「掟《おきて》では、ミッチーやあたしを、殺《ころ》さないといけないんだろうけど――」

今《いま》どき、掟《おきて》のために殺《ころ》すとか、あり得《え》なくない？

「オトネさんも、ヒクテちゃんとヒトヨちゃんも、攻撃《こうげき》をやめてくれたよ」

3人《にん》とも、本当《ほんとう》はミッチーが大好《だいす》き。ちっとも、やっつける気《き》なんか、なかったんだ。

ただ、掟《おきて》に気持《きも》ちがしばられていただけ。

「おじいちゃんとおばあちゃんも、もう、やめてください！」

2人《ふたり》は、チラッ、と顔《かお》を見合《みあ》わせる。

「やめて、って言《い》ったってねえ」

「こっちも、掟《おきて》だから」

「そうそう。なかなか、やめられないのよ」

「古《ふる》い掟《おきて》でねえ」

「古《ふる》い掟《おきて》なら、なおさら、やめちゃえばいいのに」

人《ひと》のことみたいに話《はな》してないで。

あたしは、真剣《しんけん》に言《い》ってる。

2人《ふたり》はまた、チラッ、と顔《かお》を見合《みあ》わせる。

「抜《ぬ》け忍狩《にんが》りの掟《おきて》は、秘密《ひみつ》を守《まも》るためにある」

「忍者《にんじゃ》をやめたと口《くち》では言《い》っても、本人《ほんにん》の頭《あたま》の中《なか》には、忍者《にんじゃ》の秘密《ひみつ》がいっぱいだもの」

「それが敵《てき》に明《あ》かされれば、我《わ》が一族《いちぞく》は破滅《はめつ》する」

ドウサクさんとアヤメさんは、スラスラと、掟《おきて》を説明《せつめい》する。

「敵《てき》ってだれ？」

「それはもちろん、戦国《せんごく》の世以来《よいらい》、犬山家《いぬやまけ》がお仕《つか》えしてきた山下家《やましたけ》の、宿敵《しゅくてき》である――」

「里見家《さとみけ》」

あたしだ……。

「と、その仲間《なかま》たち」

と、その仲間《なかま》たちって、男子《だんし》たちか……。

って、

「ちょおっと待《ま》って！　山下家《やましたけ》と里見家《さとみけ》が敵《てき》どうしだったって、それ、ずいぶん昔《むかし》の話《はなし》だし。あたしの仲間《なかま》って、今《いま》、ブンゴやゲンパチだっているんだよ？　山下家《やましたけ》だよ？」

「それはおぬしが――」

「忍法《にんぽう》・色《いろ》じかけの名手《めいしゅ》だからにほかならぬ」

「ちがいまぁあああす！」

ヒクテとヒトヨに続《つづ》いて、ドウサクさんとアヤメさんまで。

「色《いろ》じかけとか、手玉《てだま》に取《と》るとか、うちはぜんぜんないから！」

うちのこと、ぜんぜんわかってないいんじゃん！

家《いえ》を穴《あな》だらけにしたわりには、なんにも調《しら》べてなくない？

「抜《ぬ》け忍《にん》を消《け》すとか言《い》って、本気《ほんき》じゃないんでしょ。だから、まずは家《いえ》をこわして、男子《だんし》たちをやっつけて……」

……ミッチーを後回《あとまわ》しに、してる。

この2人《ふたり》の実力《じつりょく》なら、やろうと思《おも》えば、あっというまにミッチーを、やっつけられるはず。

それなのに、ミッチーの前《まえ》に――。

「……っ」

あっ、そうか。

「掟《おきて》だけど、ミッチーを殺《ころ》したくなんかないから……」

おじいちゃんと、おばあちゃんは、孫《まご》のミッチーを、本当《ほんとう》は守《まも》りたい。

だから、派手《はで》に家《いえ》をこわして、それでいいことにしてる。

だから、ミッチーの前《まえ》に……。

「あたしでいいんだ」

抜《ぬ》け忍《にん》の掟《おきて》は、忍者園《にんじゃえん》の人《ひと》たちとか、親《しん》せきとか、忍者関係者《にんじゃかんけいしゃ》のみんなが知《し》ってる。

だから、みんなの手前《てまえ》、何《なに》もしないわけにはいかない。

「じゃ、あたしを思《おも》いっきり、やっつけたらいいと思《おも》う！」

ドウサクさんとアヤメさんは、目《め》を丸《まる》くする。

「だって、もうミッチーは、オトネさんにやられて倒《たお》れてるし」

これ以上《いじょう》、ミッチーを傷《きず》つけることないし。

「もう、家《いえ》も男子《だんし》たちもボロボロだし」

だからもう、そのくらいにして――。

「あたしをボコボコにすれば、あとは問題《もんだい》ないよね！」

2人《ふたり》は、こんどは、じっとお互《たが》いを見合《みあ》って、

「まっ、示《しめ》しはつくなあ」

「そうねえ」

ひとこと、話《はな》し合《あ》った。

「じゃ、決《き》まり」

あたしは、1歩《ぽ》、前《まえ》に出《で》る。

「そのかわり、ミッチーとか、うちの男子《だんし》たちには、何《なに》もしないで」

ドンッ、と、芝生《しばふ》にすわる。

これが、里見家当主《さとみけとうしゅ》・里見《さとみ》サトミのやることなんだ。

「はい、あとはどうぞ」
目《め》を閉《と》じる。
あんまりいたいのはいやだよ。
死《し》なないようにしてよ。
いろいろ、言《い》いたいことはある。
でも、ここは信《しん》じるしかないんだと思《おも》う。
ミッチーのおじいちゃんと、おばあちゃんだもの。
うーっ……いつ来《く》るの、刃物《はもの》とか火薬《かやく》とか？
「グエッ、グエッ。グケケケケ」
アヒル!?
うち、飼《か》ってたっけ？
ちがうっ、ドウサクさんの声《こえ》。
そして、目《め》の前《まえ》にサッと現《あらわ》れたのは――。
背《せ》の高《たか》いオトネ。
その両側《りょうがわ》に、小《ちい》さくてもスラッとした、ヒクテとヒトヨ。

「これも修行《しゅぎょう》のうち。おまえたちがやりなさい」

あたしを3人《にん》にまかせて、ドウサクさんとアヤメさんは、後《うし》ろに下《さ》がる。

3人《にん》は、だまったまま、あたしを囲《かこ》む。

「……なぜ」

オトネさんが、口《くち》を開《ひら》いた。

「なぜそこまでして、ミチを守《まも》る？」

「なぜって――」

あたしは、すわったまま、オトネさんを見上《みあ》げる。

そして、ヒクテとヒトヨを。

「ヒクテちゃん、ヒトヨちゃん……ミッチーみたいになりたくない？」

「お兄《にい》ちゃんみたいに？」「いやらあ！」

ヒクテとヒトヨが、びっくりしてる。

成績《せいせき》が悪《わる》かったミッチーを、バカにするような言葉《ことば》を、たくさん聞《き》いてきたんだろうね。

ああならないように、って、大人《おとな》たちから、言《い》われてきたかもしれないね。

でも、

「自分《じぶん》の目《め》でしっかり見《み》てよ――ミッチーのこと」

忍者園《にんじゃえん》を卒業《そつぎょう》できなくたって、中学《ちゅうがく》2年《ねん》で落第寸前《らくだいすんぜん》だって――、

「ミッチーは、自分《じぶん》のやりたいことを知《し》ってる。得意《とくい》なことをわかってる」

あたしなんか、ぜんぜんそんなの、わからないのに。

「それで、今《いま》、超《ちょう》マジで勝負《しょうぶ》してる」

そこに、あたしは、すごく憧《あこが》れてる。

だから、

「忍者《にんじゃ》でも、忍者《にんじゃ》じゃなくても、ミッチーは、かっこいい」

「……そなた……」

オトネさんが、あたしの前《まえ》に、ひざをついた。

「……そうか、ミチのことを、好《す》――」

「それはちがいますッ」

きっぱり。

好《す》きとか、そういうんじゃないから。

男子《だんし》として好《す》きとか、恋《こい》とか、よくわかんない。

まだ、わかりたくもないんだよ。

だけど、

「そういうんじゃなくても、ミッチーはすごいし、かっこいいっ」

だから、決《き》めつけられるの、いやなんだ。

「師匠《ししょう》！」

ヒクテが、両手《りょうて》を上《あ》げた。

ヒトヨも、同《おな》じポーズを取《と》る。

来《く》るっ。なんかいたいのとか熱《あつ》いのとか、きっと来《く》るよっ！

あたしは、身《み》をすくめる。

「……今《いま》、わかった。色《いろ》じかけの、極意《ごくい》」「うん、ごくい、わぁった」

――え？

クルッ、とヒクテが回《まわ》る。ヒトヨも回《まわ》る。

「犬山忍法《いぬやまにんぽう》、てのひら返《がえ》しの術《じゅつ》！」

2人《ふたり》は同時《どうじ》に、色《いろ》とりどりのひもをくり出《だ》す。

重《おも》りに引《ひ》かれて、ひもはぐるんと回《まわ》り、

「なぬっ」

ドウサクさんたちにからみつく。

「そのひもは！」

ぐーんと伸《の》びて、キュッとちぢんだ。

昨日《きのう》、みんなで編《あ》んだ、輪《わ》ゴムのひも！

ぜんぶ、1本《ぽん》につなげたんだあ！

「てのひら返《がえ》し……だと!?」

ドウサクさんが、うろたえている間《あいだ》に、

「犬山忍法《いぬやまにんぽう》――」

こんどはヒトヨが、

「――まだ、お名前《なまえ》、ないおーっ、の、じゅちゅ！」

木《き》のかたまりみたいなものを、ジャッ、と広《ひろ》げる。

そのはしを、ヒクテが受《う》け取《と》り、2人《ふたり》でのばすと、
ピシピシピシピシピシピシピシピシピシピシピシピシピシピシビシビシビシビシ！

ズラリとつながった、ゴム鉄砲《でっぽう》だったあ！

「昨日《きのう》、お兄《にい》たんに、作《つく》ってもらったお」

「すぐ覚《おぼ》えたから、たくさん作《つく》った！」

カオルンとあたしが和室《わしつ》で勉強《べんきょう》してるとき、リビングのみんなは、割《わ》り箸《ばし》で輪《わ》ゴムを飛《と》ばしてたよね。

ヒクテとヒトヨは、お兄《にい》ちゃんに遊《あそ》んでもらったことを、おじいちゃんとおばあちゃんに自慢《じまん》してるんだ。

次々《つぎつぎ》にゴムが飛《と》び、

「うぉぉおおおお」「あらあああああああああ」

ドウサクさんとアヤメさんに、バシバシ当《あ》たる。

2人《ふたり》は撃《う》たれて、フラフラしてる。

ただの輪《わ》ゴムとは思《おも》えない、すごい力《ちから》！

「おぬしら……刃向《はむ》かうのか」

「抜《ぬ》け忍《にん》となっては、生《い》きてはいけぬぞよ」

ドウサクさんとアヤメさん、なんだか、ノリノリな気《き》がする。

ヒクテたちが刃向《はむ》かうの、待《ま》ってたんだったりして……？

「ちがうもん！」

ヒクテがわめく。

「抜《ぬ》け忍《にん》じゃないもん。お兄《にい》ちゃんといっしょに、忍者《にんじゃ》やるもん」

「そぇに、サトミお姉《ねえ》たんも、いっしょだお」

「すっごい色《いろ》じかけの秘密《ひみつ》、たった今《いま》、わかった！」

「うん。わかったお。お兄《にい》たん、手玉《てだま》に取《と》られたお！」

取《と》ってませんって！

「……おまえたち」

オトネは、進《すす》み出《で》た。

「私《わたし》も、同《おな》じ気持《きも》ちだ」

ヒクテとヒトヨを、両脇《りょうわき》に引《ひ》き寄《よ》せて、ドウサクさんたちと向《む》かい合《あ》う。

「私《わたし》たち、フリーランスの忍者《にんじゃ》になることにする」

「なにいっ！」

ドウサクさん、顔《かお》がまっ赤《か》。怒《おこ》ってるよ！

「フリーランスって、なんじゃあ！」

ちがった。カタカナ言葉《ことば》の意味《いみ》が、わかんなかっただけだ。

「1人《ひとり》1人《ひとり》が、自由《じゆう》に所属《しょぞく》を決《き》めて忍者《にんじゃ》になる。だれのために忍者《にんじゃ》をやるかは、そのときどきで決《き》める」

「なんと……」

「実《じつ》は、かねがね、考《かんが》えていたことで……雇用《こよう》の流動性《りゅうどうせい》について、授業《じゅぎょう》でも言《い》っていたし」

「なんの授業《じゅぎょう》!?」

忍者《にんじゃ》の授業《じゅぎょう》？　高校《こうこう》で？

「大学《だいがく》の経済学部《けいざいがくぶ》なのだけど」

うわー、大学生《だいがくせい》だったんだー、オトネさん。

「まったく！　くノ一《いち》を大学《だいがく》などに行《い》かせるから、こんなことになる」

ドウサクさんはブツブツ言《い》ってる。

「だってあなた、本人《ほんにん》が行《い》きたがったんだから」

あれっ、アヤメさんまで、なんとなくオトネさんの味方《みかた》？

「そんなものをゆるしたら、犬山忍者《いぬやまにんじゃ》はめちゃくちゃじゃ！」

「もう、とっくにめちゃくちゃなのよ、じじ様《さま》――」

オトネさんが、両手《りょうて》を前《まえ》で合《あ》わせる。

「犬山忍法《いぬやまにんぽう》、湯《ゆ》けむり女子大生《じょしだいせい》ひとり旅《たび》の術《じゅつ》！」

忍法《にんぽう》の名前《なまえ》って、もしかして、使《つか》う人《ひと》が自由《じゆう》につけてる⁉

と、ギョッとしているうちに、いおうのにおいがしてきた。

うわっ、煙《けむり》がもくもく。何《なに》も見《み》えなくなる。

その中《なか》で、

「犬山忍法《いぬやまにんぽう》、猫《ねこ》バスゴーゴーのじゅちゅ！」

「犬山忍法《いぬやまにんぽう》、妖怪時計《ようかいどけい》グルグルの術《じゅつ》！」

「犬山忍法《いぬやまにんぽう》、博多明太子《はかためんたいこ》のちょい辛《から》レバニラ炒《いた》めの術《じゅつ》！」

「犬山忍法《いぬやまにんぽう》、人生《じんせい》は一瞬《いっしゅん》で散《ち》る花火《はなび》のようなものであるの術《じゅつ》！」

次々《つぎつぎ》と、火花《ひばな》が散《ち》ったり、けものが鳴《な》いたり、口《くち》の中《なか》が辛《から》くなったり、何《なに》かが爆発《ばくはつ》したり。

せ、世代間抗争《せだいかんこうそう》、始《はじ》まったあ！

「ちょっ、まっ、あたし、あの――」

関係《かんけい》ないから、ここから逃《に》げたいんですけど？

でも、辺《あた》りは煙《けむり》に包《つつ》まれてるし、地面《じめん》はゆれるし、どうしたらいいのか――。

「うわっ！」

何《なに》かに、つき倒《たお》される。

と同時《どうじ》に、身体《からだ》がふわりと浮《う》き上《あ》がる。

「ひゃあああっ!?」

忍術《にんじゅつ》が起《お》こした風《かぜ》に吹《ふ》かれて、どこかに飛《と》ばされる!?

――ちがう。

煙《けむり》の中《なか》から、だれかが運《はこ》び出《だ》してくれたんだ。

風《かぜ》みたいに、一瞬《いっしゅん》で、スウッと――。

「――ミッチー？」

ミッチーの顔《かお》が、すぐ近《ちか》くにあった。

あたし、米袋《こめぶくろ》みたいに、抱《かか》えて運《はこ》ばれてる。

「スマン。今《いま》、起《お》きた」

ザンッ。

ミッチーが芝生《しばふ》の上《うえ》に、足《あし》をつく。今《いま》、幅《はば》とびしてたんだ！

ズダダダダダダ！

あたしを運《はこ》んで、庭《にわ》のすみにあるガーデンチェアにすわらせる。

やっぱり、すごい足音《あしおと》。

でも、今《いま》、あたしを助《たす》け出《だ》したとき……。

音《おと》、してなくなかった？

ダダダダダッ、ダン！

ミッチーは5人《にん》のところに、走《はし》ってもどると、

「もうっ、やめろぉおおおおおお！」

長《なが》い両腕《りょううで》をグルグル回《まわ》す。

そのとたん、白《しろ》い稲妻《いなずま》が、煙《けむり》の中《なか》に打《う》ち下《お》ろされた——ように、見《み》えた。

ザンッ、ザンザンザンザンッ。

ふいに、辺《あた》りが静《しず》まりかえる。

風《かぜ》が吹《ふ》いて、煙《けむり》が飛《と》ばされていく。

そして、芝生《しばふ》の上《うえ》には——。

たたかれたみたいに、ほおを赤《あか》くした、ドウサクさん、アヤネさん、そしてオトネさんが、呆《ぼう》然《ぜん》とすわってる。

ヒクテとヒトヨも、並《なら》んですわりこんでいる。

そのひざの上《うえ》に、白《しろ》いかたまり。

動《うご》いた。

……シンベー。

「ングゥ」

甘《あま》えてる。

シンベー、今《いま》……何《なに》、した？

そのまん中《なか》に、ミッチーが立《た》ってる。

「1年前《ねんまえ》から変《か》わってねえ」

ボソ、と、ミッチーは話《はな》し出《だ》す。

「犬山《いぬやま》の忍者園《にんじゃえん》は卒業《そつぎょう》できなかったけど——一《いち》度《ど》、忍者《にんじゃ》はやめたけど——」

怒《おこ》ったように、口《くち》をとがらせて、ため息《いき》をつく。

「——音《おと》を立《た》てたら忍者《にんじゃ》じゃねえとか、忍者《にんじゃ》を抜《ぬ》けたら殺《ころ》すとかさあ……くっだらねえ」

そして、あたしのほうを見《み》た。

「オレ、サトミの忍者《にんじゃ》だから」

……うん。今《いま》はもう、わかってる。

「自分《じぶん》で決《き》めたんだ。音《おと》がでかくても、がさつでも、オレはサトミの忍者《にんじゃ》。抜《ぬ》けてなんかいねえ」

「サトミ姫《ひめ》……」

ドウサクさんが、たおれたままで、

「いいのかね？　ミチを忍者《にんじゃ》として、仕《つか》えさせても」

「えぇえ!?」

いきなり質問《しつもん》されて、あたしはあたふた。

「い、いいけど、うう……それ、いつまで？」

「終《お》わり、決《き》めんのかよ？」

ミッチー、口《くち》あんぐり。

「だって、一生《いっしょう》？」

おばさんになっても、おばあちゃんになっても？

そんな先《さき》のこと、想像《そうぞう》もつかないよ。

「大人《おとな》になるまで、ってことで、いいんじゃない？」

アヤメさんが、やさしく提案《ていあん》してくれた。

ドウサクさんが見《み》ると、アヤメさんは笑《わら》って、あたしとミッチーを指《さ》し示《しめ》す。

「見《み》てよあれ。もし犬山家《いぬやまけ》と里見家《さとみけ》が、いっしょになってごらんなさい。忍者《にんじゃ》の秘密《ひみつ》がもれようと、何《なに》も問題《もんだい》はないわ」

ミッチーとあたしは、その発言《はつげん》に、呆然《ぼうぜん》。

「いっしょになる？」

「見《み》てよあれ、って」

「ふむ、そうか」

ドウサクさんは、あごに手《て》をあてて考《かんが》え込《こ》む。

「まあな……ブンゴ坊《ぼっ》ちゃんとゲンパチ坊《ぼっ》ちゃんも、サトミ姫《ひめ》の手玉《てだま》に取《と》られているからな。もし山下家《やましたけ》と里見家《さとみけ》がいっしょになったとしても——それもまた、やはり、問題《もんだい》はないな」

「そうよあなた」

アヤメさんは大《おお》きくうなずく。

「手玉《てだま》に取《と》ってません！」

断固《だんこ》、そこはちがいます。あたしは大声《おおごえ》で、言《い》っておく。

「里見《さとみ》サトミ姫《ひめ》。大人《おとな》になるまで、ミチを婿《むこ》——いや、忍者《にんじゃ》として、受《う》け入《い》れるかね？」

それは、今《いま》さら、言《い》うまでもないよ。

あたしは、うなずく。

「ミッチーは、私《わたし》、里見《さとみ》サトミの――忍者《にんじゃ》です」

「うむ、よし。犬山忍者《いぬやまにんじゃ》の長《おさ》、犬山《いぬやま》ドウサクが認《みと》めよう」

ドウサクさんが、うなずく。

「ミチ、おめでとう」

アヤメさんが笑《わら》った。

「では、解散《かいさん》。犬山忍法《いぬやまにんぽう》、名物《めいぶつ》・火遁《かとん》の術《じゅつ》！」

ボウッ！

大《おお》きな炎《ほのお》が現《あらわ》れて、玉《たま》になってうずをまく。

「キャアッ！」

あまりの熱《あつ》さに、顔《かお》をおおって、地面《じめん》にかがむ。

ハッ、と気《き》がつくと――。

炎《ほのお》の玉《たま》も、ドウサクさんとアヤメさんも、庭《にわ》から消《き》えていた。

だけど――。

「うっわー、ひどい！」

炎《ほのお》の玉《たま》があった下《した》のところは、芝《しば》がまるこげ!!

シノが泣《な》くよ。
そして、家《いえ》のほうは……と見《み》ると、
ドガシャーン！
キッチンで、鍋《なべ》ややかんがくずれる音《おと》がする。
もちろん、シノの悲鳴《ひめい》も。
その衝撃《しょうげき》で、2階《かい》のベランダが、ガタンとかたむいた。
「……この家《いえ》、あのままにして、帰《かえ》っちゃったんだ……？」
家《いえ》じゅう、穴《あな》だらけです。
犬山家《いぬやまけ》のベテラン忍者《にんじゃ》、2人組《ふたりぐみ》――。
おそろしい忍者《にんじゃ》だったよ。まちがいなく。
「ミチ、よかったな」
オトネさんが、呼《よ》びかける。
ヒクテとヒトヨは、それぞれ片手《かたて》ずつ、ミッチーと手《て》をつなぐ。
ミッチーは、言葉《ことば》が出《で》ないみたい。
お姉《ねえ》さんと、妹《いもうと》たちと、新《あたら》しい道《みち》を歩《ある》き出《だ》すんだね。

「ヒクテ、ヒトヨ」

2人《ふたり》は、オトネさんを見上《みあ》げる。

「もう一度《いちど》、ミチのDVD、見《み》るか」

今《いま》、再生《さいせい》ボタンを押《お》したら、流《なが》れるのは、ちょうどあそこから。

ミッチーが画用紙《がようし》に書《か》いた、デカ文字《もじ》のメッセージのところからです……！

「ダメーッ！」

あたしは、あわてて立《た》ち上《あ》がる。

ヒクテとヒトヨも、立《た》ち上《あ》がる。

「グムッ」

シンベーが、ひざから転《ころ》がり落《お》ちる。

あたしたちは、3人《にん》そろって、リビングへ向《む》かって、ダッシュ！

DVDのリモコン、確保《かくほ》できるのは、だれ!?

「え？　なんのDVD？」

ミッチーの、のんきな声《こえ》が、後《うし》ろから聞《き》こえてた。

十四 ■ そうしてあいつがやってきた

ギイギイ、トントン、ギュィイイイイン。

ずーっと続《つづ》いているそんな音《おと》で、目《め》が覚《さ》める。

「うぅううう……」

起《お》きるの、つらいよー。

昨夜《さくや》はすごーく遅《おそ》くまで、試験勉強《しけんべんきょう》してたんだ。

ろうかに出《で》ると、大工《だいく》さんがいて、ちょっとドキッとする。

「おっ……おはようございます」

「お早《はよ》うございます！」

壁《かべ》の板《いた》を張《は》り直《なお》してる。ケノのポスターがはってあったところ。

やっぱり、大穴《おおあな》が開《あ》いてたんだなー。

1階《かい》に下《お》りると、バスルームにも、ろうかにも、玄関《げんかん》にも職人《しょくにん》さんがいる。

ゲンパチが昨日《きのう》、急《いそ》いで修理《しゅうり》を頼《たの》むって、あちこちに電話《でんわ》をかけていたっけ。本当《ほんとう》にすぐに来《き》てくれたんだ。

「おはよーう」

ダイニングへ行《い》くと、

「おっはー」「おはおー」

ヒクテとヒトヨが、パンケーキを食《た》べてますけど!?

「まだいたの!?」

「おはようございます、サトミさま!」

シノが、同《おな》じテーブルの上《うえ》で、ホットプレートを使《つか》ってパンケーキを焼《や》いてる。

キッチンのほうは、大工《だいく》さんが修理中《しゅうりちゅう》。

鍋《なべ》や食器《しょっき》が、修理中《しゅうりちゅう》は棚《たな》に入《い》れておけないので、あちこちに積《つ》んである。

大混乱《だいこんらん》なんだ。

「こんな中《なか》で、よく用意《ようい》したね、そのパンケーキ」

「混《ま》ぜるだけですから、どこでもできますよ。アハハハハ」

シノはたくましいなあ。

ホットプレートに、トロリとたねを落《お》とすと、円《まる》くのばして、ていねいに裏返《うらがえ》す。

「今日《きょう》から中間《ちゅうかん》、中間《ちゅうかん》、中間《ちゅうかん》、中間《ちゅうかん》テ～スットォオオオオ」

「その歌《うた》だけはやめて！」

となりのリビングから、大勢《おおぜい》の歓声《かんせい》が聞《き》こえてくる。

見《み》ると、オトネさんがＤＶＤを見《み》てる。

もちろん、あの、陸上競技大会《りくじょうきょうぎたいかい》のです。

「オトネさん、それ勝手《かって》に見《み》ちゃダメだって！」

あわてて飛《と》んでいって、リモコンを取《と》り上《あ》げる。

「ああ、ごめん。気《き》に入《い》っちゃったんだ……好《す》きなときに見《み》たいから、コピー作《つく》ってくれる？

それならいいよね？」

オトネさん、ぜんぜん、よくないです。

再生《さいせい》を止《と》めて、ディスクを取《と》り出《だ》すと、

「ああ、オレ、作《つく》っといてやるよ」

サッ、とそれを取《と》り上《あ》げたのは、ブンゴ。

「ブンゴ坊《ぼっ》ちゃん、お早《はよ》うございます」

オトネさんは、サッ、と、かしこまる。

「『坊《ぼっ》ちゃん』はやめねえ？　オトネ」

「って、なんで名前《なまえ》、呼《よ》び捨《す》て!?」

ギョッとしたあたしの顔《かお》を、

「え？」

ブンゴは、ポカンと見《み》る。

また、髪《かみ》の毛《け》、立《た》ってる。起《お》きたばっかりだ。

「だって、オトネは、うちの忍者《にんじゃ》だから」

そうだった！

犬山家《いぬやまけ》は、山下家《やましたけ》に仕《つか》える忍者一族《にんじゃいちぞく》だから、呼《よ》び捨《す》てＯＫなのか！

「坊《ぼっ》ちゃん、私《わたし》はフリーランスになりましたので」

「あっ、そっか。もう、うちの忍者《にんじゃ》じゃねーな。わりーわりー」

「坊《ぼっ》ちゃんさえ良《よ》ければ――改《あらた》めて、坊《ぼっ》ちゃんにお仕《つか》えしても――」

オトネさん、なんか、顔《かお》が赤《あか》いんですけど!?

あたしの視線《しせん》に、オトネさんが気《き》付《づ》いた。

「――就職活動《しゅうしょくかつどう》だ。悪《わる》いか」

「悪《わる》くないけど」

「それもいいな。考《かんが》えとく」

「考《かんが》えるの!?」

あたしは、ブンゴの腕《うで》を引《ひ》っぱって、ダイニングへ。

「早《はや》く朝《あさ》ご飯《はん》、食《た》べなさいよっ」

「いててっ。なんだよ」

なんか、このまま置《お》いていったら、試験《しけん》サボって、オトネさんと遊《あそ》んでそうだからね。

それってなんだか、とっても、不健全《ふけんぜん》っ。

ゲンパチも起《お》きてきて、3人《にん》で次々《つぎつぎ》、自分《じぶん》のパンケーキを焼《や》いていく。

ヒクテとヒトヨは、パンケーキを食《た》べ終《お》わっ

て、オトネさんのところに遊《あそ》びに行《い》った。

あたしは、まだなんかスッキリしない。

「だいたいさ、産業《さんぎょう》スパイって、悪《わる》いことだよね？」

大《おお》きな家《いえ》に仕《つか》える忍者《にんじゃ》の仕事《しごと》って、今《いま》はつまり産業《さんぎょう》スパイだ、って、おじいちゃんが話《はな》してくれたことがある。

「さあ、どうかな」

ゲンパチが、ホットプレートのパンケーキを見張《みは》りながら答《こた》える。

「いいことじゃなくない？」

「いいことではない可能性《かのうせい》は、ある」

まどろっこしいなあ。

「ヒクテちゃんとヒトヨちゃんも、いつか、産業《さんぎょう》スパイするのかな」

「それはねーんじゃねー？」

へ？

ブンゴが、焼《や》き上《あ》がったパンケーキを重《かさ》ねてる。

6枚重《まいがさ》ね。分厚《ぶあつ》い。そして、まだ焼《や》く。

「あの2人《ふたり》が大《おお》きくなるころ、山下家《やましたけ》の当主《とうしゅ》は――」

あっ。

「ブンゴとゲンパチだ！」

十何年《じゅうなんねん》も先《さき》のことだから、ブンゴもゲンパチも、とっくに大人《おとな》になってるんだ。

「そのころには、忍者《にんじゃ》など、ビジネスには時代遅《じだいおく》れで使《つか》えない」

ゲンパチは、そーっと、自分《じぶん》のパンケーキをひっくり返《かえ》す。

「それでも忍者《にんじゃ》になりたきゃ、自由《じゆう》だけどさ。もしやるなら、これからは、最先端《さいせんたん》の情報《じょうほう》スパイとかじゃないとな」

「忍者園《にんじゃえん》は、別《べつ》の形《かたち》にしないといけない」

ブンゴとゲンパチ、さりげなく、すごいこと言《い》ってるんですけど。

「それに、幼《おさな》い子《こ》どもに任務《にんむ》を与《あた》えたりは、絶対《ぜったい》にしない」

「そうだな。そこは真《ま》っ先《さき》に変《か》えねえとな」

「ぼくか――」

「――オレが変《か》える」

2人《ふたり》は、見《み》つめ合《あ》う。

「そっかあ！」

オトネさんが言《い》ってたとおり——時代《じだい》はとっくに、変《か》わってる。

ううん、ブンゴとゲンパチが、変《か》えるのかもしれない。

なんか、ワクワクしてきた！

「おまえ、自分《じぶん》の焼《や》いてんの？」

ハッ。

しまった、1枚《まい》しか焼《や》いてない。話《はな》に夢中《むちゅう》のまま、食《た》べちゃった。

「うぜーな、ほらよ」

ブンゴが、自分《じぶん》のを半分《はんぶん》に切《き》って、あたしのお皿《さら》にのせてくれた。

8枚重《まいがさ》ねです。分厚《ぶあつ》い！

——と思《おも》ったら、6枚重《まいがさ》ねのパンケーキの半分《はんぶん》も、お皿《さら》にのってた。

ゲンパチが、のせておいてくれたんだ。

「兄貴《あにき》、サトミはオレの食《く》うから、それ食《く》っとけよ。やせるぞ」

「あいにく、今月《こんげつ》は300グラムオーバーなのでね。やせていい」

「つかそれ、体重《たいじゅう》、細《こま》かく測《はか》りすぎじゃね？」

時代《じだい》を変《か》える2人《ふたり》が、超細《ちょうこま》かいこと、言《い》い争《あらそ》ってます！

「2人《ふたり》ともありがとう、いただきまーす」

あたしは、両方《りょうほう》をいただくことにして、パクパク食《た》べる。

それにしても、大人《おとな》になったヒクテとヒトヨって、どんなだろう。

今《いま》はシンベーの毛《け》を輪《わ》ゴムで束《たば》ねて遊《あそ》んでる、2人《ふたり》をながめて、考《かんが》えていると……。

「ムムグ……」

シンベーは、むっくり起《お》き上《あ》がる。

ん？　シンベーっていえば、何《なに》か、忘《わす》れているような……。

シンベーは、のそのそ、窓《まど》に近付《ちかづ》いて、

「ムムグイ」

あたしに向《む》かって、ひと声《こえ》、鳴《な》いた。

「ああっ、もしかして！」

あたしは、急《いそ》いでパンケーキを食《た》べると、お皿《さら》を片付《かたづ》けて、庭《にわ》に出《で》る。

シンベーもいっしょに出《で》てきて、

「ムーグ」

福《ふく》ナスの枝《えだ》を引《ひ》っぱって、下《した》へしならせてる。

「やっぱり」

シンべー、貧乏《びんぼう》くじを食《た》べようとしてる！

「がんばれっ」

あたしは、シンべーが食《た》べやすいように、枝《えだ》を押《お》さえてあげる。

「ムムグ……ムグ、ム」

何《なに》やら言《い》いながら、シンべーは、ユーカリでできた貧乏《びんぼう》くじを、きれいに食《た》べてくれた。

「ムムーン」

満足《まんぞく》そうに、目《め》を細《ほそ》めると、

「ググムッ」

あたしに向《む》かって、うなずいた。

そして、庭《にわ》のすみにある、ユーカリ林《ばやし》のほうへ、去《さ》っていく。

その後《うし》ろ頭《あたま》には、ヒクテかヒトヨがむりやりつけた、ピンク色《いろ》の輪《わ》ゴム。

シンべー、幸《しあわ》せそうだよね？

これで、みそぎは完了《かんりょう》だよね？

ミッチーが、庭《にわ》に走《はし》り出《で》てきた。

「貧乏《びんぼう》くじ、消《き》えたか？　よかったなあ！」

うーん、よかった。でも――。

「ドウサクさんやアヤメさんが来《く》る前《まえ》に、食《た》べてくれれば、もっとよかったなあ」

そうしたら、家《いえ》はこんなに、こわれなかったんじゃない？

でも、そればっかりは、シンベーにまかせるしかない。

さっきは、ゲンパチとブンゴの話《はなし》を聞《き》いて、動《うご》き出《だ》したみたいだったよね……。

「うーん。貧乏《びんぼう》くじって、よくわかんないなあ……」

これで、おじいちゃんが福《ふく》の神《かみ》に近《ちか》づけるなら、これからも、がんばるけどね！

「おっと、急《いそ》がないと」

あたしは、ミッチーに腕《うで》を取《と》られて、

「ふわっ!?」

背中《せなか》にかつがれた！

「久《ひさ》しぶりに、これで学校《がっこう》行《い》こうぜ」

「だって、カバン――」

「ほいっ」

ミッチー、あたしのぶんと自分《じぶん》のぶんの荷物《にもつ》、家《いえ》からちゃんと持《も》ってきてる。

「行《い》くぞおおおお！」

うわあああ。

ミッチーは、2人分《ふたりぶん》のカバンを肩《かた》にかけて、さらにあたしをおぶったまま、階段《かいだん》を走《はし》って下《お》りる。そのまま道《みち》に出《で》て、ますますスピードを上《あ》げていく。

すごい！　すごいけど、恥《は》ずかしい！

通行人《つうこうにん》が、ふり返《かえ》ります。当《あ》たり前《まえ》だよ。

中《ちゅう》2になっても、これっていうのは、ちょっと、目立《めだ》ちすぎ――。

「と、止《と》まっ――」

「止《と》まったら、オレ、遅刻《ちこく》」

ミッチーの南中《なんちゅう》のほうが、あたしの南学《なんがく》より、少《すこ》し先《さき》にある。

遅刻《ちこく》しそうなくらいなら、1人《ひとり》で走《はし》っていけばいいのに！

「ミッチー、なんでそんなに元気《げんき》なの？　勉強《べんきょう》は？」

あたしは、昨日《きのう》の夜《よる》、あわてて詰《つ》め込《こ》むしかなかった。

それも途中《とちゅう》で眠《ねむ》っちゃったから、すっごく、今《いま》、気《き》が重《おも》いんですけど。

「姉貴《あねき》たちがさ、昨夜《ゆうべ》、集中忍術《しゅうちゅうにんじゅつ》、かけてくれて」

しゅうちゅうにんじゅつ？　早口言葉《はやくちことば》みたいだけど？

「そしたら、めっちゃ勉強《べんきょう》できて。覚《おぼ》える、覚《おぼ》える。ガッツリやって、ガッツリ寝《ね》たわー」

「マジで!?」

忍術《にんじゅつ》でそんなことができるなんて、聞《き》いてないし。

「そんなのあるなら、早《はや》く言《い》ってよ。あたしもかけてもらえばよかった」

できれば、今夜《こんや》にでも、やってもらいたい。

「やめたほうがいいぞお」

「なんで」

「命《いのち》がけだから」

「……」

その声《こえ》、本気《ほんき》だ。どんなこと、されたんだろう。

やっぱり、普通《ふつう》に勉強《べんきょう》するのがいいかな……。

あたしには、忍者《にんじゃ》なみの体力《たいりょく》は、ないんだからね。

「サトミ、最近《さいきん》、重《おも》くなったか？」

「うっ、うるさい！」

「いやマジで」

「もういい、降《お》りる」

「なに怒《おこ》ってんの」

ミッチーは走《はし》り続《つづ》ける。

うーん、あたしは前《まえ》よりも、ただ、太《ふと》っただけかもしれないけど――。

ミッチーのほうは、肩《かた》や背中《せなか》ががっしりして、走《はし》りかたも、力強《ちからづよ》くなった気《き》がする。

「ゲンパチ先輩《せんぱい》が言《い》ってた――『自分《じぶん》に敗北《はいぼく》をゆるすな。守《まも》りたいものが、ひとつでもあるならば』って」

うん。覚《おぼ》えてる。

あの、恐怖《きょうふ》の個人授業《こじんじゅぎょう》のときだよね。

「オレ、負《ま》けねえ。オレは、オレだから、負《ま》けねえんだ」

ミッチーが走《はし》る。

あたしも、ミッチーみたいに走《はし》れるかな。

今《いま》は、運《はこ》んでもらってる。
でも、思《おも》うんだ。
いっしょに走《はし》っていけたらなあ……。
とりあえず、ずーっと先《さき》の、大人《おとな》になるその日《ひ》まで！

あとがき

こんにちは！　『サトミちゃんちの8男子《だんし》8』を読《よ》んでくれてありがとう！
では早速《さっそく》ですが、答《こた》え合《あ》わせの時間《じかん》です。赤《あか》ペンの準備《じゅんび》はいいかな？
本文《ほんぶん》19ページを開《ひら》いて～。

(理《り》) 1V《ボルト》の電圧《でんあつ》を加《くわ》えたとき1A《アンペア》の電流《でんりゅう》が流《なが》れる抵抗《ていこう》の値《あたい》は？
カチーン。ミッチー、固《かた》まってました。私《わたし》も、今《いま》、固《かた》まっ――（パラリ、と、参考書《さんこうしょ》を見《み》て）
……。答《こた》え：1Ω《オーム》
抵抗《ていこう》［Ω《オーム》］＝電圧《でんあつ》［V《ボルト》］÷電流《でんりゅう》［A《アンペア》］なんだよねっ、ねっ、中《ちゅう》2以上《いじょう》のみなさん！
抵抗《ていこう》の単位《たんい》「Ω《オーム》」って、かわいいよね。映画《えいが》かまんがの『風《かぜ》の谷《たに》のナウシカ』を見《み》てしまった
あとは、もう、あそこに出《で》てくる王蟲《オーム》の形《かたち》にしか見《み》えない……。

(国《くに》) 夏目漱石《なつめそうせき》の『坊《ぼ》っちゃん』は一人称《いちにんしょう》の小説《しょうせつ》である。さて一人称《いちにんしょう》とは？　例《れい》をあげよ。

『坊《ぼ》っちゃん』は一人称《いちにんしょう》の小説《しょうせつ》？　そうそう。坊《ぼ》っちゃん本人《ほんにん》が、やったり考《かんが》えたりしたことを、「おれが……」とかいって語《かた》ってる小説《しょうせつ》だから。つばさ文庫《ぶんこ》からも出《で》てるよね！

はーい。ほかにも一人称《いちにんしょう》の小説《しょうせつ》、知《し》ってるよー。はあーい、はい、はい。

声《こえ》をそろえてー。せーの、『サトミちゃんちの８男《だん》――』って、あれ？　言《い》ったの、あたしだけ？　どうなってんの？　みんな！　なんとか言《い》ってよ！

答《こた》え：坊《ぼ》っちゃんの「おれ」とか、サトミちゃんの「あたし」とか。オトネさんは「私《わたし》」だし、ダイカ様《さま》は「ミー」、シンベーは……なんだろ？

(英《えい》) Satomi《サトミ》 studied《スタディド》 nothing《ナスイング》 yesterday《イエスタデイ》. 疑問文《ぎもんぶん》を作《つく》れ。

問題《もんだい》の英文《えいぶん》は「サトミは昨日《きのう》、なーんにも勉強《べんきょう》しませんでした」という意味《いみ》。

その疑問文《ぎもんぶん》だから「サトミは昨日《きのう》、なんか少《すこ》しは勉強《べんきょう》したわけ？」みたいな英文《えいぶん》を作《つく》れ、ってこと。

答《こた》え： Did《ディド》 Satomi《サトミ》 study《スタディ》 anything《エニスイング》 yesterday《イエスタデイ》?

ゲンパチからサトミへの、いやみですね。でも、サトミはサラリと流《なが》しました。さすが。

(社《しゃ》)日本《にっぽん》が国《くに》としてかかげる非核三原則《ひかくさんげんそく》。核兵器《かくへいき》を持《も》たない、作《つく》らない、それから？

答《こた》え：持《も》ち込《こ》ませない。

日本《にっぽん》は核兵器《かくへいき》を自分《じぶん》たちで持《も》ったり作《つく》ったりしないだけじゃなくて、外《そと》にあった核兵器《かくへいき》も、中《なか》には入《い》れない、って決《き》めてる。核兵器《かくへいき》を持《も》ってきたお客《きゃく》さんは、入《はい》れませんよー。


(算《さん》)三角形《さんかっけい》の面積《めんせき》は底辺《ていへん》×高《たか》さ÷2で求《もと》められる。では台形《だいけい》は？

台形《だいけい》の上《うえ》の辺《へん》を上底《じょうてい》、下《した》の辺《へん》を下底《かてい》、って呼《よ》ぶんだね。今《いま》、覚《おぼ》えた！

台形《だいけい》の1つの角《かど》から向《む》かいの角《かど》へ、ななめの直線《ちょくせん》を引《ひ》くと、上底《じょうてい》と下底《かてい》を底辺《ていへん》にした、2つの三角形《さんかっけい》が見《み》えてくる。

台形《だいけい》の面積《めんせき》は、その2つの三角形《さんかっけい》の面積《めんせき》の足《た》し算《ざん》ってことで——。

答《こた》え：(上底《じょうてい》＋下底《かてい》)×高《たか》さ÷2
これで、プリンを縦《たて》に切《き》るたびに、断面《だんめん》の面積《めんせき》で悩《なや》まなくてすむようになったね。もうけ！


あー、勉強《べんきょう》になった、なった(私《わたし》が)。

それでは、また次回《じかい》も、ためになる『サトミちゃんちの8男子《だんし》』で、お会《あ》いしましょ〜！

二〇一五年《ねん》九月《がつ》　こぐれ　京《きょう》

角川つばさ文庫

こぐれ京／著

５月１日生まれのおうし座Ａ型。東京都在住、神奈川県逗子市出身の作家・脚本家。趣味はウクレレを弾いて歌うこと。主な作品に「サトミちゃん」シリーズ、『南総里見八犬伝』、「裏庭にはニワ会長がいる!!」シリーズ（以上、角川つばさ文庫）などがある。好きな場所は東京の自由が丘、ニューヨークとハワイ。

永地／絵

2006年講談社主催MGPグランプリ受賞。アメリカや日本で活躍中の漫画家。好きなものは図鑑と動物とヒーローコミックス。

久世みずき／キャラクター原案

大分県生まれ。「ちゃお」「ちゃおデラックス」（小学館）で活躍中の漫画家。

角川《かどかわ》つばさ文庫《ぶんこ》　Aこ2-12

ネオ里見八犬伝《さとみはっけんでん》

サトミちゃんちの８男子《だんし》⑧

著《ちょ》　こぐれ 京《きょう》
原案《げんあん》　矢立《やたて》 肇《はじめ》
企画協力《きかくきょうりょく》　ぱらふぃんピジャモス
絵《え》　永地《えいち》×久世《くぜ》みずき

2015年11月15日　初版発行

発行者　郡司 聡
発　行　株式会社KADOKAWA
〒102-8177　東京都千代田区富士見 2-13-3
03-3238-8521（カスタマーサポート）
http://www.kadokawa.co.jp/
印　刷　大日本印刷株式会社
製　本　大日本印刷株式会社
装　丁　ムシカゴグラフィクス

ISBN978-4-04-631485-7　C8293　N.D.C.913　222p　18cm

読者のみなさまからのお便りをお待ちしています。下のあて先まで送ってね。
いただいたお便りは、編集部から著者へおわたしいたします。

〒102-8078　東京都千代田区富士見 1-8-19　角川つばさ文庫編集部

角川つばさ文庫発刊のことば

角川グループでは『セーラー服と機関銃』(81)、『時をかける少女』(83・06)、『ぼくらの七日間戦争』(88)、『リング』(98)、『ブレイブ・ストーリー』(06)、『バッテリー』(07)、『DIVE!!』(08) など、角川文庫と映像とのメディアミックスによって、「読書の楽しみ」を提供してきました。

角川文庫創刊60周年を期に、十代の読書体験を調べてみたところ、角川グループの発行するさまざまなジャンルの文庫が、小・中学校でたくさん読まれていることを知りました。

そこで、文庫を読む前のさらに若いみなさんに、スポーツやマンガやゲームと同じように「本を読むこと」を体験してもらいたいと「角川つばさ文庫」をつくりました。

読書は自転車と同じように、最初は少しの練習が必要です。しかし、読んでいく楽しさを知れば、どんな遠くの世界にも自分の速度で出かけることができます。それは、想像力という「つばさ」を手に入れたことにほかなりません。

「角川つばさ文庫」では、読者のみなさんといっしょに成長していける、新しい物語、新しいノンフィクション、角川グループのベストセラー、ライトノベル、ファンタジー、クラシックスなど、はば広いジャンルの物語に出会える「場」を、みなさんとつくっていきたいと考えています。

読んだ人の数だけ生まれる豊かな物語の世界。そこで体験する喜びや悲しみ、くやしさや恐ろしさは、本の世界の出来事ではありますが、みなさんの心を確実にゆさぶり、やがて知となり実となる「種」を残してくれるでしょう。

かっての角川文庫の読者がそうであったように、「角川つばさ文庫」の読者のみなさんが、その「種」から「21世紀のエンタテインメント」をつくっていってくれたなら、こんなにうれしいことはありません。

物語の世界を自分の「つばさ」で自由自在に飛び、自分で未来をきりひらいていってください。

ひらけば、どこへでも。——角川つばさ文庫の願いです。

角川つばさ文庫編集部